心变了，世界就变了

申屠李平 ———— 著

電子工業出版社
Publishing House of Electronics Industry
北京·BEIJING

图书在版编目（CIP）数据

心变了，世界就变了 / 申屠李平著. —北京：电子工业出版社，2022.11
ISBN 978-7-121-44399-2

Ⅰ. ①心…　Ⅱ. ①申…　Ⅲ. ①日记－作品集－中国－当代　Ⅳ. ①I267.5

中国版本图书馆 CIP 数据核字（2022）第 190749 号

责任编辑：杨雅琳　　　　　　　　文字编辑：刘　晓
印　　刷：三河市鑫金马印装有限公司
装　　订：三河市鑫金马印装有限公司
出版发行：电子工业出版社
　　　　　北京市海淀区万寿路 173 信箱　　邮编 100036
开　　本：720×1 000　1/16　印张：15.75　字数：227 千字
版　　次：2022 年 11 月第 1 版
印　　次：2022 年 11 月第 1 次印刷
定　　价：78.00 元

凡所购买电子工业出版社图书有缺损问题，请向购买书店调换。若书店售缺，请与本社发行部联系，联系及邮购电话：（010）88254888，88258888。

质量投诉请发邮件至 zlts@phei.com.cn，盗版侵权举报请发邮件至 dbqq@phei.com.cn。

本书咨询联系方式：（010）88254210，influence@phei.com.cn，微信号：yingxianglibook。

前言

这是一本日记集结书，书中没有玄奥的大道理，所举例子、所提问题都来自课程活动和我的思考分享。对于被婚姻关系、亲子问题和自我成长问题困扰的朋友来说，这是一本轻松而“落地”的陪伴书籍，特别适合利用碎片化的时间阅读，或者睡前一读。

同样一片风景，站在 1 楼看和站在 5 楼、10 楼看，会是截然不同的感受。风景还是那片风景，但因为看风景的人位置变了，所看到的、感受到的风景也随之变了。我们能看到的其实很局限，如孩子玩手机这件事。

1 楼的父母看见的是孩子贪玩、不爱学习，因此他们对孩子玩手机这件事深恶痛绝。父母焦虑、急躁，总想阻止和控制孩子，结果和孩子的关系越来越紧张、疏远，甚至冲突一触即发。

5 楼的父母看见的是孩子的爱好。虽然，心里不乐意孩子玩手机，但他们懂得利用手机靠近孩子、安抚孩子，让孩子看起来很听话。

10 楼的父母看见的是孩子的发展性需求。他们明白，这是孩子长大的过程。父母带着觉察，故意忽略孩子玩手机这件事，为孩子创造一个更有趣、更好玩的世界，吸引孩子的注意力，使孩子主动放下手机。父母带着爱和智慧引导孩子看见更广阔的世界。

心变了，世界就变了。只要我们的心活了，这个世界就活了；只要我们的智慧增加了，问题就变小了。世界还是这个世界，但境界真的不同了。

深深感谢“生命一棵树”的义工老师们，在她们的提议下，杨丽娟老师对日记进行了认真、辛苦的整理，使零散的日记得以集结成册。愿所有阅读这本书的人都能开卷有益。

申屠李平

2021.12.29

目录

成长篇

婚姻篇

亲子篇

行走篇

成长篇

父母成长智慧

智慧父母的内涵

从今天起，我将跟大家分享“父母成长智慧”系列心得体会，作为12月我停课时的作业。

感恩“生命一棵树”的每一位家人成就、圆满我的生命！

新一代智慧父母的内涵：有境界、有梦想、有能力、有道德、肯践行。

2016-12-2

感恩的5个层次

➢ 有一些念头，知道别人为你付出的努力（知恩）。

➢ 理解并感受到这份痛、这份努力，而不仅仅是知道（感恩）。

➢ 感恩不应只是内在想法，而应向对方表达出来（报恩：在表达层面）。

➢ 不仅仅是表达出来，你还应在那里等着，等着去帮助他（报恩：被动去做）。

➢ 你认知到对方的需求，创造机会去帮助他，为他付出很多努力（报恩：主动付出）。在这里，你体验的喜悦无法用语言描述，你开始感受到生命力，简单的事情可以用不凡的方式来体验。

2016-12-3

我的生命蓝图

每个人的生命都应该有个蓝图，根据自己的蓝图来生活，犹如黑暗中有一束光，这样的生活才是有意义的。

我的生命蓝图：

当我的内心越来越圆融、平和、慈悲、觉悟的时候，我相信我周围的人和事也必将越来越圆融、平和，健康、财富、夫妻关系、亲子关系也必将随之变好。

这一生，我要管住所思、所言和所行；认真做好“生命一棵树”，完善课程理念和体系，以此来服务他人、圆满自己；在亲子学校中慢慢老去，手中的话筒就是我手中打开他人心扉的钥匙……

这一生，我已选择做一个生命的唤醒者，同时，我清楚地知道自己是一个普通人，我有家、有孩子，我将平衡一个妻子、一个母亲、一个导师之间的能量，在动态中平衡前行。

我坚信，导师不是讲出来的，而是活出来的，因此我首先要使自己活出光彩，然后将有缘人带出光彩。

假如你愿意，我们一起走向彼岸。亲爱的，你的生命蓝图呢？

2016-12-4

花园拔草

晨起，去花园拔草。

“记得不久前才拔干净，时日不长呀！唉！怎么又满园杂草了呢？”我边念叨，边拔，边思考。

人内心的烦恼恰如这根根杂草，拔除一次，以为不会再有了。不曾想，下次遇到某个状况时，烦恼又出来了。

于是，便开始讨厌自己：我怎么那么没用，怎么总控制不了自己呢？不是学了情绪管理吗？不是学了沟通吗？不是做了父母连接吗？怎么还有情绪啊？我真笨耶！

嗨！亲爱的朋友，大自然已告诉我们，杂草拔了会长，长了再拔呗！烦恼来了，咱“兵来将挡，水来土掩”，总是有办法应对的，你说对吗？

2016-12-11

活在昨天，错过今天

昨天，我们经历很多伤痛。

无奈、失望、悲伤，也许被欺骗，也许被愚弄，也许被背叛，甚至被侮辱。

昨天，生存的艰难压力、社会的浮躁让我们看不到未来。我们反复地告诉别人昨天的故事：我真的很苦，我活得不容易，请你理解我，请你爱我；你伤害了我，你要付出代价；你错了，你应该受到惩罚；这对我不公平……

于是，一个个今天又被活成了昨天，生生把今天错过了。

今天，一切都未定。我可以选择不同的活法，我可以选择学习成长，我可以选择放下，我可以觉知喜怒哀乐，我可以喜悦自在……

今天，允许自己放下过去，轻松快乐地活着。

活在昨天，错过今天。亲爱的，你说，这样对吗？

2016-12-14

骗骗骗

今天的社会，确实有人因“骗”而获得了利益，所以，有人认可谎言的力量，甚至还沾沾自喜，觉得自己很有本事、很聪明。

但，这个“骗”骗得了一时，骗得了一世吗？骗得了别人，骗得了自己吗？骗得了世人，骗得了良知吗？

无论骗得多么高明，“真假不分”也好，“以假乱真”也罢，假的终究是假的，“不是不报，时候未到”而已。

我们还是做个“一诺千金”“言出必准，言出必行”的人吧！

2016-12-16

“如果”和“当”

如果我当初努力学习，今天就不会这样了；如果我当年不贪慕虚荣，现在就不会吃苦了；如果我平时多陪孩子一些，孩子就不会和我这样疏远了……

数不尽的如果，悔不尽的当初。

我们习惯于沉浸在对“如果”的幻想里，让时间从指间悄悄溜走，可惜，如果永远只是如果，不会成为事实。

看事，不要只看如果，要看原因，有原因才有结果。不如将“如果”改成“当”!

当我努力学习时，明天就会有收获；当我脚踏实地时，明天就会甘甜美好；当我多陪孩子一些时，孩子就会和我亲近了……

如果，着眼于过去；当，着眼于未来。试着读一读，有不同的感觉吗？

2016-12-19

金杯和茶碗

中国人在日常生活中大多离不了茶。口渴了，“喝口茶”是常见的事。喝茶需要茶具。

9 月去丽江旅游，在一家银器店见到一个极精美的金杯，我忍不住驻足细细观看，却也仅止于此。因为我清楚，就算我把它买回家，也能将其束之高阁，不会用它来泡茶喝。

在口渴之时，捧起一碗茶，一口喝下，既解渴又爽气。

一块表，再名贵，走时不准，也称不上好表；一只金杯，再精美，也没有一只大茶碗实用。

人生，亦如金杯与茶碗。与其做只金杯，徒有其表却终生被束之高阁，不如做只茶碗，其貌不扬却用处多多，反被人挂念。

我还是做只茶碗吧！内心更踏实。

2016-12-20

拿得起和放得下

古时形容大丈夫，乃“拿得起，放得下”。

拿得起，是需要能力的，很多人做不到。很多人拿起了，却又放不下，就像拿着行李箱去旅行，到了目的地，却依然扛着行李箱，以至于无法休息；又如人拿起碗吃饭，吃完饭却不放下碗，怕下次吃饭时没碗了，诸如种种，乃世间百态。

放不下，是被所碰到的人、事、物，以及由此产生的情绪、感受黏住了，就像被502胶水黏住了一般。心再也不能自主，而是随着外界的波浪起起伏伏，哪里还能放得下呢？所以，放下比拿起需要更强的力量。

内心缺乏力量，就像在行车路上遇见一块大石头，明明知道必须把石头挪开，才能前行，无奈力气小，就是没办法。所以，与其怪石头大，不如练好力气。说来说去，还是要练内心的功夫。

2016-12-22

小窍门：对镜练习化情绪

情绪这匹马，一不小心，就会把人带走。

若像传说故事中神马驮着昏迷的主人在沙漠中找到水这样被带走，我们当然求之不得。有些遗憾的是，现实中，情绪这匹马却常常把我们带进愤怒、压抑、失望的烦恼河中，任我们在河中扑腾、翻滚，着实惊险。

这不，前两天，一不小心我就被带进了愤怒的河中，而且还深陷淤泥之中，等爬上岸，已披头散发、狼狈不堪。

怎么办？今得一解忧处方，赶紧晒出来与大家分享。所需宝物：镜子一面。

第一步：每当心里的火憋不住，即将爆发之际，迅速将镜子取出，当即一照。镜中之人想必已横眉冷对，火烧眉毛。甭管其他，先大喝一声：走开，你这个坏蛋！

怎么解气，怎么来吧（怒火伤镜总比伤人好）。发泄之后，等气顺了，进行第二步。

第二步：看看镜中的自己，问自己一句“拿着别人的错误，发酵酿自己的苦酒，我在干什么？”。

第三步：“哈哈哈”大笑三声，该干什么干什么！

效果怎样？不试不知道，要不试试？

2016-12-23

梦想和妄想

我们许一个愿，怎样区别是梦想还是妄想？

我认为，二者的区别在于是否真正去落实、去践行。许愿很容易，“我要帮助更多的人”，我常常听到学员朋友这样分享。愿意去付出，去帮助人这很好，同时，我也常常跟进一句：“你觉得做些什么能帮助到大家呢？”这便是落地。

“高高山顶立，深深海底行”，许愿之后，要时时记得初心，并认真去落实和践行。这样它才能是梦想，否则，它只是妄想罢了。

2016-12-25

如何放过自己

一生中，每个人都有一些被人伤害的经历，也有一些伤害别人的经历。我们对前者感到愤怒、压抑、失望，对后者则感到内疚、后悔、难过……

无论哪一种感受，都像一块石头压在我们的胸口，我们很想将其搬走、放下，只是当类似情景再现时，当心被触动时，我们还是会不由自主产生愤怒、内疚、伤痛之感，怎样才能放过自己呢？此刻，我们需要在心里默默念诵：我不用别人的错误惩罚自己，我爱我自己，我宽恕所有伤害我的人，包括我自己。我也请求所有被我伤害的人原谅我，包括我自己。

宽恕他人/求得宽恕，解放自己。

2016-12-2

不要为别人的烦恼买单

圣诞节那天，我网购了一本《爱让我们更有力量》。打开书，我收到了一份特别的礼物。那是一张贺卡，上面写着：不要为别人的烦恼买单。

当时正在忙碌，看到这句话，心里似有一股暖流流过……

是啊！我等凡夫俗子，已烦恼重重，若还要为别人的烦恼买单，就像迁徙跋涉，本就气喘吁吁，却还要再背上一个包袱，哪有不累的道理？

所以，若你今天下班回家，看见另一半闷闷不乐地坐在沙发上，你本能地想问他为什么不高兴，他不想回答，那就允许他不回答吧！你还是高高兴兴地做饭，饭做好了，高高兴兴地喊他吃饭。他想说的时候自然就说了。你无须感到受伤，他的不快乐也许与你无关，你要过好你的快乐人生。

不要为别人的烦恼买单。

2016-12-27

正气充盈，“邪气”不侵

今天读到一句话，非常有感触，与各位分享。

作为一名心理咨询师，常常被好奇的、关心的朋友问：天天听别人“倒垃圾”，你的心情也会很沉重吧？你给人做个案，负能量会转移到你身上吧？系统排列导师很危险吧？诸如此类……

我也常常回答：心无挂碍，无有恐怖。你安心做通道，带着爱，哪里来的负能量？

今天读到这句话，内心更加清明。一个正气充盈的人，“邪气”根本就进不了内心啊！与其害怕“邪气”入侵，不如积德行善，诚信做人，让自己正气满满、能量满满。

2016-12-28

人生，永远是自己往前走

人的一生，总会经历挫折，或者被欺骗，或者被误解，甚至被侮辱。此时，心中的愤怒、压抑和委屈，往往让我们“怒发冲冠”，即刻要去理论，要去讨一个说法。结果往往是关系破裂。

怎么办啊？忍吗？忍得好辛苦，可最终还是没忍住。脾气急的朋友来一句："我忍不住的，忍得住就不是我了！"

怎么办？我的办法很简单。尽可能将不良情绪在自己这里化解掉。先用懂得的技巧释放情绪，然后告诉自己：永远是自己往前走。

《寒山拾得问对录》有言："只是忍他、让他、由他、避他、耐他、敬他、不要理他，再待几年你且看他。"

我们是普通人，还做不到如此淡然从容，但我们正走在成为圣人的路上。所以，我们要觉知自己当下的内心状态，去向积极的心态转化。

记得：人生，永远是自己往前走！

2017-1-1

我若静定，你奈我何

有句话说："高人静定，不来不去；低人飘忽，飘来飘去。"

红尘凡境，我们常常对境转心。不合自己心意的事情来了，愤怒、懊恼、委屈、纠结，一颗心被外界的人、事、物牵扯得起起伏伏。我们哭泣哀叹。

只是，我若心定，你又奈我何？！还是我们功夫不够，好好用功吧！

愿我们在新的一年里，都成为高人。共勉！

2017-1-2

改变信念，可改变命运

人活在哪里？人活在念头里。

有些念头就像一把枷锁锁住了我们的智慧。如“应该”两个字，每当心里有“应该”这两个字的时候，我们就不自觉地去衡量对方的言行是否符合自己的标准。符合了，欢喜；不符合呢？开始失望、压抑、愤怒、纠结等，硬生生地让自己陷入了困境。看不见对方的不同，看不见其他的可能性。

若放下“应该”呢？问一问这“应该”是谁的标准，心里便多了一份谅解和接纳，心随即平和安宁。心安宁了，世界便安宁了。

改变信念，可改变命运。心变了，世界就变了。共勉！

2017-1-3

什么是感同身受

感同身受这 4 个字，我们可是常说常用的。

有些痛苦，对方一说出来，我们立刻就能感受到这种痛苦，这时，往往不是我们真的感同身受了，而是我们有相同的痛点，这样的感同身受很容易。

难在另一种。

有些痛苦，对方一说出来，我们觉得很好笑，很滑稽：这有什么好痛苦的！是这份痛苦不真实吗？不是。是我们和他没有相同的痛点，所以我们觉得这样的事虽痛苦但很滑稽、很好笑。而对于当事人来说，这份痛苦是真实且巨大的。

如果这个时候我们还能感同身受，那才是真正的慈悲和感同身受。

2017-1-4

心变了，世界也变了

“昨天下午的手术，处处脱节。护士多次出去且久久不回；新系统刚刚启用，助手需要一次次出去开术后医嘱，耽误了不少时间。按以往，我肯定会非常恼人，训她们几句是免不了的，同时也会恼火领导为何引进这么糟糕的新系统！可是昨天我没有，她们不在，我就自己做术前准备。我想，护士必定是被其他事耽搁了，绝不会故意拖延手术；领导肯定知道了新系统的不完善，正在想办法解决。这样一想我的心里很平静！智慧父母课让我走在了成长的路上！”

以上文字来自一位医生的分享。

悟：世界还是这个世界，有时很可爱，有时很悲催；有时很宽广，有时很狭窄；世界还是这个世界，只是我们对待世界的心变了，外面的一切就变了。世界在哪里？

世界在我们的世界观里。

2017-1-7

小苦·大乐·改变

改变是苦的，尤其是脱胎换骨的改变。但苦有尽头和希望。

不改变未必不苦，或许更苦，只不过已然麻木，你已感觉不到苦，也因为如此，解脱变得遥遥无期。

孰为小苦？孰为大乐？

改变自己，要和自己固有的信念说再见，要和自己的习性做斗争，要放弃自己原有的一部分，其间的痛和不乐意当然是有的。不过，我以为此乃小苦。

因为，改变之后，会有大乐等着你，即让你真正喜悦自在、安详平和。

疗愈是改变的一种绝佳体验，我在“生命一棵树”等你。我们一起改变。

2017-1-11

先学会游泳，再去救人

我们都有一颗助人的心。在课程中，常常有朋友询问：老师，我可以用这个方法帮朋友吗？老师，我怎样才能让我的家里人过得轻松一点？此类问题很多。

今天，我忽然想到游泳。倘若自己还不会游泳，又怎么跳进水里救人呢？

我们上了一节课、两节课，就总想着如何让配偶、孩子改变，用李中莹老师的话来说，“这没有可能，就算你拥有了一些能力，你也没有资格一定要别人改变”。

我们只能先改变自己。那么，还是先学会游泳，再去救人吧。

2017-1-16

门不是拿来拍照的

门是用来穿越的。

各式各样的门，木头的、铜的、铁的，圆形的、拱形的，规规矩矩的、奇形怪状的……人们在门前摆出各式各样的姿势，有靠着门的，有在门前“展翅飞翔”的，有相互比爱心的……

看着各式各样的照片，我不禁想，门到底是用来干什么的呢？

我们常说一个词：门里门外。门，代表着一道界限吧？门里一个世界，门外一个世界。也许门里的人想出来，也许门外的人想进去，无论如何，他们都要经过这道门，所以，门的核心用途是穿越，而不是拍照。

若这道门只剩下拍照的功能呢？

由门思及己身。

若我们不思考如何发挥自己对这个世界的积极作用，只停留在“她今天对我说了不该说的话，欠我一个人情”或“他昨天吃了我的饭，今天竟然不帮我说话”的境界里，我们是否白来这世上一趟呢？

与各位共勉。祝福大家穿过一道门，进入一个新世界。

2017-1-17

烦恼都是自找的

1

学员："老师，我辛辛苦苦为这个家操持，现在老公要跟我离婚，孩子也不听我的话，怎么办啊？"

学员："老师，我辛苦这么久，没有功劳，难道也没有苦劳吗？"

老师："是，你确实为这个家付出很多，只是，你做的这些事是你想做的还是他们渴望你做的？"

学员："是我想做的，他们嫌我烦。"

学员女儿："只要我爸爸出去超过半小时，我妈妈就会不断地打电话。"

老师："也许，你做的很多事是你想做的，而不是他们需要的吧！"

学员："天啊，这不可能啊，怎么会这样？太痛苦了，痛苦得我要晕倒了！"

老师："痛苦得好，痛苦让我们懂得反思，不失为一个清醒的机会。"

一个人若不愿意改变，往往还不够苦。真的烦恼、痛苦到极点，自然会寻求改变，转变的契机就到了。所以，烦恼得好！

2017-2-5

2

阿巧："跟你说啊，今天我老公的外甥来拜年，竟然只拿着1袋米、5斤油。我给了他500元的红包呢，怎么也要拿点像样的礼物来吧？又不是家里条件不好，拿不起！"

一念烦恼起，今天的拜年估计没了拜年的喜悦。

阿笨："你不要这样想啊。小辈来拜年，就是一份心意，拿什么东西不重要，每户人家条件有好有坏，你给红包，给的是长辈的欢喜和祝福。过年图的是团圆喜庆，大家平安就好。你说呢？"

阿巧："这样说，也对啊！"

一念慈悲起，心里、眼里，看到的都是欢喜，哪里来的烦恼呢？

2017-2-6

3

阿三："舅舅，过年给个红包呗！"

阿九："你几岁了？还好意思来要红包！我是你舅舅，一年到头，也没见你买块糖给我吃啊！"

阿六："明天我搬家，来吃饭啊！"

阿九心想："我才不去，你儿子生小孩，我给了礼钱，我女儿上大学，你竟然一分钱不给。现在还好意思叫我出乔迁礼？"

我是舅舅，你该先孝敬我；我给你礼钱了，你要还我；我……

处处有我，处处有烦恼！

2017-2-7

4

阿三妈："孩子，咱不蒸馒头也得争口气，你下学期一定要考个第一名回来，给妈长长脸，你看你婶婶她们把妈欺负的！"

"好的，妈妈！"

孩子奋发努力，妈妈喜笑颜开；一年又一年，孩子考上大学，妈妈扬眉吐气，婶婶们偃旗息鼓……

阿三："我要牢记妈妈的话，扫地我也要扫个冠军回来。"可惜，科技无限发达，出了扫地机器人了。

阿三："看来，我累死也扫不过机器人！"

有言曰："要强，是执着于结果，不服输，不愿被人看低，事事想做到完美，证明自己，这即痛苦的根源。"

2017-2-8

5

阿三的车和小阿巧的电瓶车撞在了一起。小阿巧的裤子破了，电瓶车需要维修。阿三："姐姐，你的裤子多少钱？修电瓶车多少钱？我赔你吧！"

小阿巧："裤子 200 元，修电瓶车 300 元，加上补偿费，给 3000 元吧！"

阿三："这么多啊？"

小阿巧打电话喊来了阿九舅舅。

阿九舅舅风风火火赶来，风风火火给了阿三两巴掌，打得阿三鼻子出血。阿三老爹赶到现场，巧得很，小阿巧竟然是阿三老爹部门的实习生。

结果大家想得到：小阿巧丢了工作，出了医药费，后悔得肠子都青了。

2017-2-9

6

唯一的一套民居像一朵奇葩立在工业区中间，一条窄窄的路通向门口。

阿九运气很好，老家的房屋在拆迁范围内，开发商说给150万元，阿九喜滋滋地做起了有房、有车的美梦。

阿九还有个小算盘：打算趁这个机会，向开发商多要一点拆迁款。

第一次，开发商答应了，拆迁款涨到了180万元。阿九讨价还价，希望再多一点，开发商一咬牙，便答应给200万元。

阿九又说：起码得300万元。

开发商拒绝了，索性不拆迁，将它围在中间。

工程渐渐完工，阿九这下慌了，到处托人，给150万元也行。终究没用，眼看煮熟的鸭子飞了，阿九后悔得肠子发青。

2017-2-10

7

“啊呀！裤脚上有个洞，这下阿六会怎么看我呢？”

“阿四又会怎么看呢？”

“大家会怎么看呢？”

“关键是，老师会怎么看呢？”

在乎别人的看法，其实是在乎自己的形象，总想保护自己，凸显自己，这是内心虚弱的根源。唯有放下对自己的执着，才能放下对外界的依赖。

烦恼都是自找的。除了你自己，有谁能注意到你裤脚上的洞！

2017-2-11

8

“怎么搞的，下水道又堵了！”

“怎么搞的，水龙头又坏了！”

“怎么搞的，投影机坏这么久了，都没人修！”

“怎么搞的，垃圾又没及时倒！”

“怎么搞的，这鬼天气，这雾霾！”

“怎么搞的，这世界！”

埋怨容易承担难，但真正能解决问题的，是承担而非埋怨。

埋怨让我们在烦恼中沉溺，承担让我们从烦恼中解脱。

2017-2-12

9

情人节的爱恨情仇。

“老师，到底什么是感情？”

“老师，我失恋了，很绝望。”

“老师，我要结婚了，不过觉得没意思。”

“老师，今天情人节，我离婚了。”

“老师，到底什么是爱？什么是恨？什么是情？什么是仇？”

老师：“希望对方多关心自己一点，多在意自己一点；又生怕自己付出太多，而得不到相应的回报。世人把这种交换当作爱，所以才会在爱恨情仇中苦苦挣扎。”

2017-2-14

10

某地，仙芝林面馆。

阿九哥："服务员，来两碗打卤面。"

服务员："一共 73 元。"

阿九哥付款 100 元，服务员麻利地边收款边说："您稍等，我稍后找您零钱。"面来了，零钱没来。

阿九哥看一眼服务员，服务员没反应；面吃了一半，阿九哥没忍住，问："服务员，找的零钱呢？""您稍等！"

阿九哥问第二遍："服务员，找的零钱呢？""您稍等！"

阿九哥火气渐渐往上蹿，问第三遍："服务员，找的零钱呢？我面都吃完了。""您稍等！"

阿九哥勃然大怒："怎么这么可恶呢？我面都吃完了，钱还不找给我，报纸上都报道了，顾客吃完走了，零钱你们就不给了！"

除了发火，是否还有其他处理方式呢？

2017-2-15

11

"你真懒！""我早已经不懒啦，那是过去，呜呜……"

"你真馋！""我是爱吃甜甜圈，可我会改的，呜呜……"

"你就是贪玩！""可我最近很用功，你为什么总用老眼光看人？"

强烈抗议："我觉得你对我的认识很片面，很狭隘，很不公正，总是以点概全！"

一旦给人贴上一个标签，以后看到有关他所有事情，你都会不自觉地挑选符合这个标签的内容装进去，让它越来越牢固。

换言之，是自己的心去挑选，执取某一部分外境，把它当成全部，蒙蔽真相，于是就这样被自己欺骗。

2017-2-16

12

遇到一堵墙，徒弟想过去，于是搬来梯子。梯子不够高，过不去。

于是挖洞，墙太硬了，挖不动。

徒弟：“这可能是我遇到的最硬的墙了。”

想到牛角很硬，于是，徒弟绑上一头牛撞墙。

师父：“徒弟，你在干什么？”

徒弟：“我要过去。”

师父：“遇到死胡同的时候，要怎么办呢？转身寻找一个出口。心的执着和此一模一样，放不下的人和事，把心堵死了。”

2017-2-17

13

人的一生总免不了遇到种种不如意甚至屈辱的事。

祥林嫂的悲哀不在于遇到了悲惨的事，而是在于她无法从悲惨中走出来，以至于遇到一个人，就想对其倾诉遭遇的悲惨事。

起初，当然有人同情，有人安慰，有人出主意。可时间久了，人们就会害怕遇见祥林嫂，因为谁也不愿陪着别人活在悲惨里。

智者：“大便的最好使用方式是将其埋在树根下滋养万物，而不是天天拿出来展示给人看。”

埋怨让我们在烦恼中沉溺，承担让我们从烦恼中解脱。

2017-2-18

14

什么是执着？

“刚才还好好的天，怎么就下雨了？我衣服还没收呢？”

——天要下雨，无须得到你我的批准。

“我都跟你说了 10 年了，你怎么还不改改？”

——说了 10 年都无效，改变自己也许更靠谱。

“烟灰又弹地上了？你就是太懒了！”

——你看不过去，自己擦了，功德一件；带着抱怨，没了功德，烦了自己。

以执着心对无常事，是一切痛苦的根源。

2017-2-21

15

男女的情感是什么？

在男女情感的世界里，存在着太多的交换和算计。只是，世人给了它们一个优雅的名字——有条件的爱。

狭隘的男女之爱，无非是有条件的交换。“你对我好一点，我也对你好一点；你孝敬我父母，我也孝敬你父母；我生日，你送我花，你生日，我也送你一份礼……”诸如此等，哪样不是交换？

若能真正看破，接受这一点，将会少很多烦恼。只是就算是交换，也先从自己给出去开始吧。

2017-2-22

16

“给我!”

“不给!”

“给我!”

“不给，给谁也不给你！凭什么你说给就给啊！你是谁啊？难道你比别人漂亮一些？我就咽不下这口气！”

给？不给？

我们对外在的一切执着不舍，其实是我们在纵容内心的黑暗，它会吞噬真正的快乐。学会放下、谦让，这不是损失，而是给心灵腾出更快乐的空间。

2017-2-24

17

江南古镇，老家荻浦，一片花海。

游客三五成群，徜徉花海，散步拍照。一对小情人在吵架。

“你为什么喜欢她，不喜欢我？”

“刚认识你的时候，你脾气好得像小猫，现在简直就是一只母老虎！”

“我就是母老虎，怎么啦？那也是你逼的，不然我怎么会变成母老虎！当初，我真是瞎了眼！”

“当初瞎了眼，现在分手也不迟啊!”

幸福在哪里？在开满鲜花的世界吗？倘若你心里无花，就算置身花海，也不一定看见盛开的花朵。

2017-2-25

18

近日，不断有人在微信中给我留言，向我倾诉老公出轨这件事。后来，我几乎不再回复此类留言。因为，留言的朋友在意的只是她有没有说出来。时间、地点、事件经过，还有这几年的苦日子，说完了，就像完成了一件事。他们并不真正在意我回复的用意，这样的对话，是没有多大意义的。

真正想走出困境，救赎自己的，必然会问："我怎么做才可以救自己？"而不是只讲一遍故事。

事情的发生已经无法改变，唯一能改变的是对事情的认知。无论什么事，都一样。

2017-2-26

19

老家的房子依山而建。在屋子里感觉到有丝丝凉意，屋外则阳光正好。于是，我信步朝山坡走去。

爬上山坡，向着阳光，开始打坐。

当睁开眼睛时，我有了一个不同的感受。房子、马路、水塘，甚至家门口堆放的垃圾，都在眼底明明了了；放眼望去，仿佛自己的人生也清清楚楚；回想近段时间自己内心的种种散漫、浮躁，惭愧之心油然而起——

是自己懒惰了，该收心了。唯有心静，生命才有智慧和定力。

没有低谷，哪能爬坡？没有爬坡，哪来坡上的风景？

爬坡是累的，是难的，但又有何惧呢？大不了歇一会儿，大不了再滚到谷底，继续爬就是了。

2017-2-27

20

机场电梯，一辆婴儿车被推进来。宝宝睡得很安稳，只是嘴里含着一个小奶嘴。想来，爸爸妈妈怕拿掉奶嘴，孩子会哭闹，塞一个奶嘴，大人孩子都安稳。再过 3 年呢？抑或 10 年、20 年后，这个长大的宝宝把什么当作奶嘴呢？小时候，可以依赖奶嘴得到暂时的安稳，长大成人了，奶嘴又变成了什么？是钱，是情，是工作，还是一个人？

也许，烦恼的因从奶嘴就已经种下了。

2017-2-28

21

我们总是对未来感到莫名的恐惧。

近日，阿巧来访。午后的阳光温暖惬意，搬一把懒人沙发在窗台下听她细细叙说。

“其实，我一直心存芥蒂。10 多年了，我一直没有真正看得起过他，我厌烦他的为人处世，我对未来也常常感到迷茫，有时觉得未来挺让人害怕和担忧的。”

“未来的什么使你感到害怕？”

“说不上来，好像是未来的不确定性吧，似乎说变就变，把握不了。”阿巧喃喃地说。

是啊，生命无常，万物无常。不过，也正因为不知道未来会发生什么，才更需要活好当下每一分钟，尽量让当下没有遗憾吧！

2017-3-1

快乐就这么简单

1

从山西年会归来，长途跋涉，身体总会有些累。

晚 8:00，陶总忽然说很想吃烤红薯。

于是，开车去小镇上转悠，被告知，吃烤红薯得去县城红薯坊。既然出来了，索性去一趟县城。

找到红薯坊，买了一个大大的烤红薯。店老板将红薯细致地一分为二，又给我们一人一个小瓢羹。哈哈！吃红薯还用上小瓢羹啦！

手里捧着热乎乎的红薯，回忆伴着童年熟悉的气息扑面而来。夜晚的街道上熙熙攘攘，我们两个却旁若无人地吃着热腾腾的烤红薯——

快乐，就这么简单。

一次单纯的出发，一个大大的红薯。祝福你我都简单地快乐着。

2017-3-2

2

春天，一起撒一把花的种子。

早春三月，门口的茶花树开出了或红或粉的花儿，去年栽下的蔷薇冒出了嫩芽，春来了！

春来了，原本枯黄的花园渐渐绿了模样；各式杂草也借了春的脚步来了——

携一把镰刀，带一把小锄，提一只竹篮，和陶总去花园劳作。除草，撒一把花的种子……

很久没有打理花园了。每天忙着打理公司，忙着推进“生命一棵树”，忙着备课、讲课，却忽略了眼下的春天。

好在这满园的杂草，让我感受到了春的气息，享受到了春的微风、春的阳光、春的生命。红尘世界，平凡夫妻，需要共同经历一些无用的事情，才有平凡温暖的回忆，浸湿你我干涩的心田。

快乐就这么简单。在春天里，一起撒一把花的种子。

2017-3-3

3

春天里，去草地上打个滚儿。

桐庐，我的家乡。春光里，满目的绿，此时不去大自然里走走，似乎都辜负了这无限美的春。

出门，和陶总朝着春奔去——

江南小镇，小小的城市，却精致得像一幅画儿。

脱下鞋袜，脚底板真实地碰触到青草的肌肤；缓缓地躺下来，吸一口气，呼吸里都是草的清香；不经意打个滚儿，眼泪会湿了眼眶、热了心肠；看身边的人儿，跷着腿，头枕双手，望着蓝天，怡然自得——

快乐就这么简单。

在春天的草地上打个滚儿。

2017-3-4

4

快乐就是，在黄昏的夕阳里，慢悠悠去接两桶山泉水。

曾经，我对等候在泉水旁的一群人感到不可思议。就为了接一桶水，等上1小时、2小时，喝自来水怎么啦？

当有一天，我也带上空矿泉水桶，成为等水的一员时，我忽然有了全新的感受。接泉水处，远离市区，空气清新，街道净爽，两旁的花草树木错落有致，恰如春天的美画！而等水的一干人恰是画中美景！

深吸一口气，清凉的空气沁入心脾，凉风拂过脸颊，柔和惬意；三三两两闲话家常，轻松随意。

时间不知不觉过去，我竟然丝毫没有觉得漫长，反而感受到平凡人生真实的、简单的快乐。

早春三月，江南的细雨总是说来就来，不经意间，头顶多了一把雨伞。当路灯亮起，轮到我们了。陶总熟练地洗桶、接水，我在一旁静静地看着他将水搬进车里，像完成了一件大事。

平凡世界平凡人，平凡夫妻平凡事。

2017-3-5

5

春天里，去门外吃早饭。

煮一碗面，却被窗外的阳光吸引，不由得捧起面，去到阳光里……

呵！先呼吸一口早晨的新鲜空气。再挑一筷子面送进嘴里，味道真的特别好哦。

邻居也捧个碗出来了，打声招呼，说一句："你家青菜长得真好哦！"

答一句："是呢，你要吃自己割吧。"

问一声："啊，这是什么花啊？刚种的？"

答一句："哦，这是牡丹呢，昨天刚种的。"

一问一答间，面碗早见了底，两人却慢悠悠地不想进屋去，摸一摸新冒出的花骨朵，顺便拔一颗萝卜洗了，把午饭的菜也备下了……

快乐就这么简单。在春光里，捧一碗面去门外吃早餐。

2017-3-6

6

没路了，转个方向就是。

杭州火车东站，一个容易让人迷失的地方。

站内，豪华舒适堪比萧山国际机场；站外，扑朔迷离宛若迷宫。明明车站近在咫尺，走起来却远在天涯；15 分钟、20 分钟、半小时过去了，您可能还在环站西路上，叫人不免心烦气躁。

话说有一天，我从外地返杭，陶总来接我。出了地下车库，我只觉面前的路似曾相识，却又不知身在何处，晕晕乎乎，车子前方已无路可走。

无奈，掉头往回开。

掉头处，柳暗花明。一路畅行回家。

人生路上，遇到阻碍没路了，转个方向试试，也许便柳暗花明了。

2017-3-7

7

快乐，只因为我今天完成了一直很想做的事。

一直很想抄录几条让我心有所感的语句，却总是一再耽搁。

昨天，当我抄完最后一条语句、慢慢合上书本时，我非常喜悦。抄录的过程就成了美好的生命滋养。

“利他，帮助他，是欲望还是心愿？欲望是一种表现欲，是说：哎呀！我好像各方面比你好，我同情你，我帮助你。而心愿，是发自内心的，是无条件的。”

在抄录这条时，脑海里闪过很多位义工老师的面庞。大家都在做义工，为何效果不同，关键就在内心啊。

祝福每一位朋友，享受完成自己想做的事情时那份纯粹的快乐。

2017-3-9

8

快乐，只因为读到一句让自己心动的话。

加措的《一切都是最好的安排》中，有这样一段话：

“如果一个人无论遇到顺境还是逆境，都能转变成对自己有帮助的境界，无论遇到善缘还是逆缘，都能使之转为好缘……那这个人一定会有成就……”

读来真的觉得如饮甘露，这份快乐和感动会真正滋养我的生命。快乐，有时真的很简单。

2017-3-11

9

现实世界中，人人都渴望被肯定、被赞美，这是人之常情。同时，人不可以用这份“世间欲求”来加强自己的渴求。这不会让我们真正解脱，解脱的方向在于超越这份渴求。

悟到无常，悟到所有的赞美和肯定也会如天上的云朵随风飘散，悟到真正的快乐、真正的价值在于内在的定力和智慧。

当然，这是对自己，对他人则要多多赞美、多多肯定，给人信心、欢喜和力量。

2017-3-12

生命是一场体验

1

什么是爱自己?

常常有学员问我:“什么是爱自己?”举个夫妻间的例子。

居家过日子,柴米油盐,总会有一些矛盾和碰撞。甚至有时候,你都不知道他为什么突然就发火了,这时候,你会不会生气呢?

有人说,当然会生气,不然,他都不知道自己在干什么!有人说,我不生气,他不值得我生气。不过,心里总会隐隐的不爽。

这样的状况,你有吗?肯定有人回答:有。

那么,来描述一下吧。当心里开始生气时,你感觉怎样?心里开始堵得慌,气冲脑门,不说不快,话里开始夹枪带棒,身体开始紧绷,对方递过来的东西——甩开,对方碰到你身体——躲闪,是这样吗?

我们正在用自己的身心健康替对方的烦恼买单,这是爱自己吗?

假如把发生的一切当作生命的一场体验,会怎样呢?“今天,我细细体验了生气的过程,感谢你。下次,我不需要再体验了,再见!”

于是,谁的烦恼谁买单,无论发生什么,都不影响我的喜悦自在。这才是爱自己。

一件事、一个人,有时候的的确确让人很生气,我们也确实有资格生气。但我们可以选择不生气。不是因为对他好，不是因为要做个不生气的人，而仅仅是因为这样对自己好，这才是简简单单又实实在在地爱自己。

2017-3-13

2

病痛让我成长。

2014 年 7 月 26 日，这一天和所有需要讲课的日子一样。我早早起床，照例在出门前去照照镜子。这时，脚下一滑，我倒在了地上。我仍坚持着讲完 5 天课，坚持着去夏令营做完 5 天助教。

去医院检查时，医生告诉我需要住院做手术，半月板受伤后是无法再生的，而我的半月板已经 4 度损伤了。

我选择了非手术疗法。

2016 年 12 月 29 日，这一天，我去做磁共振检查。报告单显示：除了一点积液，其他未见特殊异常。

近两年半，800 多天。我仿佛看见自己小心翼翼地、一步步行走在路上——

眼泪不由湿了眼眶，生命是一场体验，而这两年半给了我怎样的礼物呢？明天继续分享“病痛让我成长”。

2017-3-15

3

病痛让我体验爱。

此刻，我坐在去广州的动车上。眼前闪过一幕幕当年半月板受伤时，自己拖着行李奔走于讲课途中的情景……

有一次在杭州站，我拖着大大的行李箱去买票，一位陌生的先生帮我把行李箱拖到售票处。

无论在机场，在车站，还是在动车上，我总能得到好心人的帮助。

受伤，身体上确实是痛苦的，尤其在蹲下、起身的瞬间，那一种痛真的让人冒汗……

甚至不经意的转身也会让我痛得心像抽紧一般，但也正是因为受伤，让我看到了人们内心的善良和慈悲……

生命是一场体验，体验痛、体验爱。

2017-3-16

4

病痛让我成长。

日子一天天过去，我是多么渴望快点康复、快点康复。

有一天，一个偶然的机缘，遇见一位“江湖高人”，我迫不及待地挤到前面，想请高人为我一看究竟，似乎他的手在我半月板上一摸，我就能立刻好了一般。

就在我好不容易挤到前面时，一阵剧烈的疼痛随之而来，我跌倒在地。

时隔一年多，当我想起这段经历时，耳边依然飘荡老师的话：“你慌什么慌，就不能定一定吗？”

是啊，我就不能定一定吗？定下来，好好与身体对话，与伤痛对话，与心对话，把一颗渴望别人安抚的心，转化为依靠自己安抚的心，也许，我就不会二次受伤了。

2017-3-17

我是自然中最大的奇迹

1

49 年前，我出生在一个普通的农村家庭，母亲在生我时已是 42 岁的高龄产妇。

出生后，妈妈没奶水喂我，只好向同村的产妇讨一口奶给我吃。

据说，母亲怀我时，肚子被灶台角重重撞了一下。于是，才 7 个月，我就出生了，生出来时，我的半边脸乌青，母亲很是发愁，这样的女儿将来怎么嫁得出去。裹在襁褓中的我，看起来比一只猫也大不了多少，以至于姐姐们抱着我去学校上学，到学校一打开襁褓，才发现我头朝下，脚朝上被抱了一路。

就这样，我渐渐长大了。童年，小小的我几乎会做那个年代所有的家务：挑水、洗衣、做饭、扫地、撸猪草，够不上灶台，就在脚下垫一块砖。

现在想来，这是命运最好的安排。没有从小的磨炼，恐怕我现在不会这样踏实和肯吃苦，估计也做不成“生命一棵树”。

所以，请舍得让你的孩子、让你爱的人吃点苦。

2017-3-18

2

稍微大一些，农村开始“包产到户”，我又学会拔秧、割稻、种田。

早上，拎上地里收获的辣椒、茄子、蒲岐（荸荠）等去3里外的集市叫卖，自封“中国的小阿信”。

星期六、星期天，和爸爸推着独轮车去邻村卖冷淘（一种类似米线的食品），更多的村民是拿稻谷来交换的，所以，卖完冷淘，还得推着一车稻谷走回家——

现在，我依然记得我费力地推着独轮车走在一米宽、由小石子铺成的村路上，以及能自如地推车后的喜悦、自豪（爸爸去世之后，这些成为我心里温暖的记忆之一）。

总之，会有做不完的家务在等你。做作业是奢侈的，出去玩是奢侈的，晚上开电灯也是奢侈的。

2017-3-19

3

我最深的记忆是一边烧火，一边就着火光看书，虽然书大多没有封面，但这丝毫不影响我读书的乐趣。

我最初的文学熏陶就来自我家的“屋灶地”，就是烧火的地方。初中毕业后，我非常渴望继续念高中，能考大学的中文系。成为一名作家、记者或编辑，是我在很长一段时间里的梦想。

爸爸说："一个女孩子有书读就不错了。"于是，我进了不用自己支付费用的护士学校；毕业后，去基层卫生院做了名小护士。

在卫生院工作了 8 年，在这期间，我与先生结婚，有了孩子。

出嫁时，恰逢两村村民冲突，我家被放火烧得一干二净。于是，我带了一床由民政局发的薄薄的弹力絮棉被就嫁了出去（这床被子，我差不多 20 多年后才换掉）。

2017-3-20

4

孩子 4 岁那年，国家有了自考政策，我重新拿起了书，渴望圆自己的大学梦。在自考期间，孩子小，我常常在下班后，抱起孩子赶去杭州市区补习古代汉语，晚上 9 点半下课，又赶紧拉起孩子赶末班公交车到郊外，搭长途汽车回家，有时到家已是午夜。安顿好孩子，我再继续值夜班。

3 年后，我如期毕业，获得了浙江大学汉语言文学专业的大专文凭。

今天想来，我是如此感恩当年的那段经历，如果没有大专文凭，我就无法报考心理咨询师，恐怕也就不会有现在的我了。

2017-3-21

5

2006 年，我开始创办医疗器械公司，待公司稳定后，我再次拿起书，向梦想出发——考国家二级心理咨询师。

从此，我走上了一条完全不知道未来会怎样的路，一度走得很苦，却停不下来。

为了节省费用，我会拿个小塑料凳上火车，去住 35 元一天的青年旅社，独自吃一碗粉丝当饭；其间还要照顾孩子，周末，往往烧好儿子第二天的饭，洗好衣服，然后出发，儿子第二天自己去学校；而心理培训课程的费用却如此之高……

到了 2012 年，我觉得自己已经累到撑不住了。一边要挣钱养家，一边想实现梦想，做自己喜欢做的事，命运还总考验我：

器械公司的回款莫名其妙的不顺利，我每个月都要借钱来周转；发票常常出问题；家里充满了火药味；新开的培训公司一年后以关门告终；儿子脑中长了个脑瘤，需要手术，术后高烧不退，量体温量到我这个护士手发软……

2017-3-22

6

我就像一只被困在笼子中的狮子，想仰天长啸，却只能无奈、无助地哭泣。到底怎样，我才可以突破瓶颈？

我清楚地记得，那一天，我在烟台听课，其间接到一个朋友的电话：“李平，你在做亲子领域，现在有一场青少年活动，有 1000 多人，在南山寺，你来不来做义工？”我二话没说，不假思索地回答：“来。”

后来，我常常在想：这个电话一定是命中注定的，不然，哪来那么大感召力，使我不假思索地、毫不犹豫地决定去！

从此，我的生命中多了一个身份：我是一名义工，一名永远的义工。

我找到了帮助孩子自主学习的钥匙，那就是梦想！我在心中默默立志：今生不再为钱活，今生不再只为自己活，今生要做一名优秀的心理咨询师，去帮助他人、疗愈他人。

2017-3-23

7

就这样，从 2012 年 12 月开始，我每年超过 1/3 的时间在做义工。安保组、迎宾组、班主任组、课程组、餐饮组，不管到哪个岗位，我都觉得自己在快速成长。

很多时候，我也不再去问为什么要来做义工。我只觉得，这本来就要来的，没有为什么。就像家里的活，怎么好袖手旁观呢？

我开始静下来，一点一滴地学，一点一滴地做……

当我写下这些的时候，我依然不知道改变是从什么时候开始的。

2017-3-26

8

总之，渐渐地：

我越来越年轻美丽，由内而外散发出生命的喜悦和美好；从一个大大咧咧的男人婆开始向美丽智慧的女神靠近。

2013 年，我搬进了新房，买了属于我的小汽车。

我的导师课程开始课约不断，课程和个案效果好得我都不敢相信。

儿子大学毕业，出奇顺利地用 3 天时间找到了工作，被一家上市公司聘用。公司的回款越来越顺利，我终于结束了借钱的日子。当我还掉最后一笔欠款时，我长长地呼出一口气，并自豪地宣布：我也可以借钱给别人了！

2017-3-27

9

家里的气氛越来越祥和，儿子说话的语调越来越轻松，先生的改变更是让我家亲戚目瞪口呆。

我最大的收获是内心的富足感。原来，我对金钱和生存总有一种恐惧，我不敢随便花钱，舍不得吃，舍不得穿，钱花多了就心疼……

好在一切都在不知不觉改变着。

有一次在机场，我心里忽然冒出一个声音：我好富有啊！然后，我傻乎乎地笑。一次财富智慧课后，我开玩笑说："我这张卡怎么也得值 500 万元吧？"谁知，旁边一个朋友说："老师，怎么是 500 万元呢，在我们心里，您就是财神啊！"我哈哈大笑，对啊！怎么是 500 万元呢，应该是 1000 万元，不对，是无限财富啊！！！

就这样，越来越体会到"富得流油的感觉"，我非常喜悦，甚至冒出一句：咱今天也干了一件有钱人干的事。

2017-3-28

10

如果说，第一次来做义工，是源于朋友的建议，那么，在后来的一次次义工历练中，奉献早已成为我生命中的一个理念。

当我听到儿子竟然如此顺利地被上市公司录取时，我心里充满了感恩。

于是，有了"生命一棵树"亲子关系公益疗愈工作坊，从 2015 年 6 月到现在，18 个月的时间，公益疗愈工作坊已经开了 25 期。在此期间，我看着一个个生命发生蜕变，内心无比富足。

2017-3-29

11

“生命一棵树”大型专题讲座开始进入校园。

当我不断去和同学们分享关系管道理论、生命连接、梦想等时，我仿佛看见我的生命空间已无限广阔，我是多么的富有啊！

我的生命因此拥有了无限的价值！

记得第一次在学校做的大型专题讲座，是在山西的新绛中学。当时我们用两天的时间讲了 3 场，每场有 1300～1600 名上初中、高中的学生。虽然这是我们“生命一棵树”的义工老师们第一次自己组织这么大型的活动，但活动井然有序，圆满落幕。让我们为我们的义工老师们喝彩！

当我为孩子们做高考前的压力释放时，全场那么多的孩子在流泪；当一个同学拿着笔记本来让我签名时，更多的孩子围过来，递过来的有书、有本子、有卷子……

中高考结束，有位当地的老师告诉我们，那一年，新绛中学的中考成绩在全区排第一名。不管我们的讲座有没有发挥作用，我们都很欢喜。

后来，我们又去了山西柳林的联盛中学，去了福建沙县的城南中学，讲座主题包括中高考的压力释放和梦想改变未来等。

2017-3-31

12

和学校大型专题讲座同时焕发生机的是“生命一棵树”的父母公益讲座。记得在福建场，教室里已坐满了家长，可还不断有家长进来。渐渐地，教室过道、前面和后面空地上都加满了板凳，不能进教室的家长竟然坚持在窗外听完了讲座。

当结束讲座，走到教室外，看见在寒风中（11 月）坚持听课的家长时，我真想对他们鞠躬致谢。家长也是爱学习的啊，只要我们给他们创造机会……

可怜天下父母心啊！虽然现在的物质条件越来越好，但家长这个“岗位”却越来越难做：孩子的身体发育和心理发育越来越不同步；父母自己面临的工作压力、社会环境、婚姻情感让其身心疲惫，而教育孩子却又不能等……

内心的焦虑、无助、担心、失望该找谁化解呢？也许，“生命一棵树”的诞生刚好在这个点上满足了父母和孩子的内在需求。

2017-4-1

13

2014 年 10 月，“海君智慧”幸福四通道导师团队在吴老师的带领下，开通了 YY 平台的公益大讲堂。

当时是第一次在 YY 平台上讲课，我完全不懂怎么操作，小申一点一点地教，才使我在 YY 平台顺利授课。

从幸福四通道开通 YY 平台（2014 年 10 月）到今年的 3 月底，我在 YY 平台的公益讲座累计达 39 场，其中有一场创下了在线人数最多、在线时间最长（超过 2 小时）的纪录。39 场讲座，我的题目没有重复过，思及此，我忍不住为自己点个赞！

在 2008 年之前，我还是一名普通的家长。

因为爱孩子，因为梦想的引领，因为不放弃、不懈怠、不动摇，今天，我终于成为一名可以帮助和影响千千万万家长、孩子的亲子导师，我骄傲！

我的生命充满奇迹和激情。

2017-4-2

14

越来越多的人要求我开通微课讲座，于是，2016 年 3 月，“生命一棵树”微课天地应运而生。

我的第一堂微课获得了广泛的好评，后来我收到了许多反馈，说他们几乎是哭着听完微课的。

从那以后，要求加入微课转播的朋友越来越多。从最初的十几个群到现在稳定的 120 多个群同步转播，最多的时候是 131 个群同步转播，我觉得这真的是个奇迹！

虽然我坐在电脑前，看不见大家，但我每次都会想象大家在与我面对面交谈。

后来，不断有朋友对我说，听到我的声音就觉得很温暖、很踏实，想流泪，这给了我莫大的肯定和鼓励。

也因此，无论多忙、多累，我都坚持全公益在微课天地授课。

截至 2017 年 2 月底，微课天地开播一周年，我们微课天地一共分享了 30 堂微课！内容涵盖亲子教育、婚姻情感、自我成长乃至学生的中高考压力释放。

30 堂，每堂平均有 100 个群转播，每个群只要有 30～40 个朋友在听，那么一年来，就有超过 10 万人受益！更何况，我们在线聆听的朋友远远不止这个数啊！

10 万人，这是一个多么鼓舞人心的数字！我和“生命一棵树”的义工老师在共同创造奇迹啊！

2017-4-3

15

此刻，我坐在电脑前有些发呆。因为，我刚刚看到的两个数据，有些让我诚惶诚恐。

一个数据是义工老师上传在喜马拉雅的微信语音专辑点击量突破了 71 万次；另一个数据是今晚重返千聊平台的首次分享，参与人数在持续攀升，目前突破了 4500 人。此刻，我想流泪。

回想起 3 年前，我独自开车去苏州学习，听着诗朗诵《相信神奇》，想到从 2008 年开始的坚守，泪流满面；一个人大声地喊着：迈出去，迈出去！然后，我索性将车子停下来，趴在方向盘上狂哭。那时，我觉得自己像困在笼中的狮子，浑身的力量不知用到哪里——

今天，有那么多的学员信任我，有那么多的义工老师帮助我，我有什么理由懈怠，我有什么理由喊累呢？我唯有护住初心，勤勤恳恳，不问收获，只管耕耘，才对得起这么多信任我的学员和支持“生命一棵树”的义工。

我们都是自然中最大的奇迹！

2017-4-4

16

清楚地记得，那是 2008 年 5 月，我决定去考国家二级心理咨询师，做这个决定源于一个简单的念头：我喜欢心理学。

差不多 3 个月的时间，每个周末我都往返于杭州和桐庐两地，在浙江大学接受培训。

3 个月后，我如愿拿到了二级证书，那一年我 40 岁。

2009 年，因为孩子和我之间产生了冲突，我走进李老师、吴老师的课程，开始系统地学习亲子关系和 NLP、简快等。

当时我最大的心愿是：未来我既能做个案，也能做团体辅导。

常言道：十年磨一剑。经过 9 年的坚守，我可以骄傲地说，无论个案、团体辅导，还是大型授课，我都可以支持到学员朋友了！

为自己点个赞！我是自然中最大的奇迹！

2017-4-5

17

我相信：传奇的人生是不设限的，我希望自己有一段传奇的人生。

年少时，我的梦想是做一名记者或作家，但父母把我送去了护士学校学护理专业。毕业后，我去了基层卫生院。假如给自己的人生设限，那么，我人生最大的可能就是在县医院做护理部主任。

人生总是“节外生枝”的。

毕业时，我没有预料到今天我会成为一名亲子导师，并终生不悔。

考汉语言文学专业时，我也没有预料到今天“生命一棵树”会做全国公益行。

现在，我依然预料不到未来我到底会做成多少事，会成就多少人。

我只知道，不忘初心，砥砺前行，前方一定充满光明，人生一定会成就传奇！愿每一位有缘人都能创造传奇人生。

2017-4-6

平凡而真实地活着

1

午夜醒来，窗外哗哗的雨声不绝于耳。蓦然想到在小区门口摆摊讨生活的“游牧族”。他们常常拖家带口，通常一户人家一辆货车，一家人吃喝拉撒连带装货，全在里头了。这辆货车就是他们的家了。哪里有庙会、有集，他们就赶到哪里。保安室门口本来有个水龙头，近日却被锁上了，大约是怕他们成群结队来接水。

今日白天中午时分，我特意和先生去逛了逛。一只单眼煤气灶，一桶水，女人在车里做饭，男人招呼着生意，5 岁的孩子拿一把花剪在修剪树苗，权当玩耍，旁边的花棚中搭了一张钢丝床，但小小的帐篷显然不能挡风遮雨。

此时，雨这么大，他们是否能够安眠？白天在大太阳下，我觉得阴天能让他们凉爽些，可这样的雨夜，我又情愿让他们忍受太阳的闷热了。

这样的讨生活真的不容易，但他们脸上的笑容却让我心生敬意。因为虽然贫苦，但他们自食其力。

他们是值得尊敬的！

2017-5-4

2

学会说“对不起”，会使我们更温暖、更有力量。

我一直害怕开车，陶总最喜欢开车。于是，他开车多，我坐车多。

不过，我也没闲着。自从经历了几次轻度追尾和剐蹭之后，我上车再也不敢呼呼大睡了，而是一只手拉着扶手，紧张兮兮地看速度、看红灯、看行人，不时地说：慢点儿，慢点儿！有个人出来了！要超速啦！

儿子不止一次地抗议：“妈，我都被你吓死了。”先生直接下令：“下次坐车老老实实坐着，别说话。”

我不以为然，心想：呵！上次开错路的时候，亏得我说吧；上次差点闯红灯的时候，亏得我说吧。于是，下次照旧。

不过，被说得多了，我也有长进，开始反思自己存在的问题，并主动说“对不起”。

“对不起啊，今天因为听我的话，反而迟了十多分钟，我本来以为可以缩短一点儿用时呢。”

“对不起啊，我总是担心你开快车，我改成在心里祈祷吧，超速会罚款哦！”

“对不起啊，我突然地发出指令，会干扰你大脑的反应速度，开车不能分散精力，我做得不对！”

“对不起啊，我老觉得自己做什么都对，认为造成错的结果多是你的缘故，这是不公平的，我也有错的时候！”

…………

前两天，我们在智慧父母课上讨论过“家是讲理还是讲爱的地方”，要知道在爱的前提下，少讲些道理，家才更温暖、更有烟火气。

2017-5-6

3

晨起醒来后，我一般会下楼做早餐或在书房打开电脑忙碌，几分钟后，吸尘器的声音响起——这是陶总开启新的一天的信号。

平凡而真实的一天往往就这样开始了。

在出门前，陶总必定烧水泡茶，我则将一天要做的事列成清单，规划路线、顺序（更省时有效），差不多一个多小时后，开车出门。

通常，我们会去医院、银行、工商局、税务局、超市、物流站，上午跑一圈，中午回家做饭、午休。下午再继续。

每到一个地方，我负责办事，他负责找车位停车，办完一件事情，再去办下一件，如此循环，效率很高（有一段时间，我自己开车出去办事，结果看着一个好好的停车位却折腾半天也停不进去。于是，偃旗息鼓，老老实实承认我车技确实不如人家好）。

等公司和家里的一堆事告一段落，下一次课程又将开启。

于是，收拾行李，关门闭户，直到回家。

如此循环，便是我们平凡而真实的生活。

柴米油盐平凡人生；琴棋书画心中世界。

开窗眺望，花园中去年生了一场大病的樟树茂密了许多，两棵小柿子树竟然结了果，两棵小海棠也生机勃勃，去年年底种下的爬藤月季开始蔓上栅栏，绿绿的小叶让我充满期待：当它爬满栅栏时，一定会春色满园啊!

什么是生命的气息？这便是了吧！什么是家的味道？这便是了吧！我满足于生活在这样的气息里，慢慢变老。共勉！

2017-5-7

4

Z10 列车，卧铺车厢。

我在上铺，下铺是一位从事拓展训练工作的先生，对面是两个漂亮的女孩。

我因为上午做了一个小手术，颇为疲惫，但去北京的这次学习是自己期待已久的，所以还是出发了。上车安顿好，就闭上眼睛休息。

不曾想，耳边传来欢快的笑声，不由睁开眼睛看了过去。

原来是两个女孩的同事，大概是一起去参加公司培训的。开心地笑着的是一个叫“海燕”的女孩。

女孩看起来大学刚毕业的样子，短头发，脸蛋红红的，嘴唇也红红的，套一件黑色 T 恤，青春的气息挡都挡不住。

女孩很开心：“我第一次坐可以睡觉的火车哎，我牙膏都没带呢！”“你带牙膏了吗？”女孩和同事们笑嘻嘻地聊着，“啊，感谢公司给我机会坐可以睡觉的火车哎！”她语气中满满的幸福感。

我由衷地因她的欢喜而欢喜，那样的纯真恰恰是我们最珍贵的财宝。简单真好！第一次坐可以睡觉的火车也足以让人觉得幸福。

在她们的欢笑里，我渐渐进入梦乡……愿天下所有的女孩都简单而快乐。

2017-5-9

5

到家时，正是做午饭的时间。插上电饭煲煮饭，将刚买的菜取出备用，然后去洗澡。

大约半小时后，收拾妥当，开始在厨房做饭，一边炒菜一边复盘北京的课程。

课程中做练习的时候，出现一个有趣的现象（因为是排列师导师班，学员相对来说是比较专业的）：

常常做案主时，忘了自己是案主，而以排列师的身份在想下一步该增加什么角色，对话怎么进行；在做排列师的时候，又在想，这和我的情况很像哦，于是忘了自己是个排列师，便会问：老师，我刚刚的情绪感受到底是我自己的还是代表的？同时泡在各种角色里，便晕晕乎乎，搞不清自己是谁了。

课程里如此，生活中也如此。

做老师的，回到家里依然用老师的态度管教着孩子；做领导的，回到家里依然用领导的姿态决定着家长里短。

面对丈夫，忘了自己是妻子，依然带着孩子般的期待；面对父母，忘了自己是孩子，用管自己孩子的态度操控父母……

如此种种，正是人间万象。何为守本分？大约是指在什么角色里做什么事、说什么话吧！

作为导师，讲好课是我的本分；作为妻子，关爱丈夫是我的本分；作为妈妈，帮助孩子是我的本分……

平凡而真实地活着，当清楚自己的角色，记得自己是谁，说话、做事守本分。平凡人生平常心，共勉！

2017-5-15

6

光阴似箭。

父亲离开我们已15年了，母亲也走了5年了，我也到了知天命的年纪。可奇怪的是，这十多年，我常常梦见他们，梦境并不悲伤，只是梦见。

在此次课程中，我忽然有个念头，想去更深刻地探索其中的原因，于是请二位同学来代表他们。

当“父亲”说出“你已经长大了，你可以自己做主了”这句话时，我忽然泪如雨下，问：“爸爸，我真的可以自己做主了吗？”

“是的！”爸爸坚定地回应。

此刻，我这几年来飘忽不定的心，像有了强大的力量一样，忽然就安定了。

不由感慨，无论我们现在多少岁，在父母面前，我们都还是孩子。

得到父母的允许和祝福，是我们的渴望和幸福感的来源之一。虽然，我们会独立做很多事，但在潜意识里，若父母不允许，我们去做了，我们会内疚；若能让父母欢喜，我们做了，我们会很自豪。

所以，平凡而真实地活着，是需要敬重父母的。不是为父母，而是为我们自己活得安心、有力量，因为，我们是孩子。

2017-5-16

7

昨天晚上，接到公司业务方的电话，说我们提供的产品有一些问题，需要解决，并约定今天早上 7:00 见面。

早上 5:30，我早早起床去了公司，准备产品资料。6:30 出发，6:50 到达约定地点。电话联系对方，他说还没起床。40 分钟后，我们终于见面了。

平凡而真实地活着，总会有些自己不期待的事情发生，关键是发生了之后怎么办。

坐在车里，和陶总闲聊。

他说：“以前，我碰到这样的事会很烦躁，今天我很平静。你说过，心变了，世界就变了。”

是的，事情已经发生了。已经发生的，我改变不了，我若还不照顾自己的情绪，岂不是双重损失？

于是，利用这个时间写了分享。如此，也挺好！虽然早上的风吹得我有些发抖。

平凡而真实地活着，共勉！

2017-5-18

8

凌晨4:00，闹钟响起，起床洗漱，4:30，和先生开车去机场。

今天，“根的力量”全国公益行天津站开营。怀揣梦想，我们奔驰在路上。

天空渐亮，路灯熄灭。前方的云彩透出日出的红晕，空气清新湿润，我渐渐地进入了梦乡。

醒来时，已到机场。想到和天津又近了一步，想到今晚的开营，内心喜悦安详。

平凡而真实地活着，梦想还是要有的，万一实现了呢？

2017-5-19

9

每每喝中药，都觉得真苦啊！于是，总想快快塞进嘴里一块糖，或者喝下一杯水，才感觉好受些。

今天，在公益行现场，忽然很想来做一个关于“苦”的实验。

于是，邀请了5位义工老师一起做这个关于“苦”的实验。5杯中药，一口一口地喝下并且在口腔中充分停留，再慢慢咽下。

这时候我们发现，当我们接受苦的时候，那让我们皱眉龇牙的中药似乎不那么苦了。

“如果这是我的生命中该受的苦，我接受。”一边说一边喝下中药，似乎生命中的那些苦也不那么苦了。

平凡而真实地活着，如果事情的结果是我们想要的，那么我们很开心，觉得好幸福；如果事情的结果不是我们想要的，那么我们就会感慨“好痛苦啊”。

若我们全然和这份痛苦在一起呢？

亲爱的朋友，愿意试试吗？试着和你的痛苦在一起。平凡而真实地活着，吃点苦其实也很好。

2017-5-20

一位老教师的人格魅力

当李丽英老师拖着一条病腿站上讲台的时候；当她告诉大家她已经 68 岁的时候；当她说，她已经拖坏了 3 个拉杆箱的时候（其实，我特意关注了她的第 4 个拉杆箱，也已经伤痕累累了，不是拉杆箱不结实——那是李中莹老师送给她的，价值 3000 多元的箱子，箱子够结实——实在是箱子的使用频率太高了）；当她说，最早讲轻松教与学的伙伴现在只有她一人还在坚持讲的时候……我已经相信：李老师讲什么已经不重要了，因为我知道，她已经用她的坚守和敬业精神，用她作为一个以人民教师的称号为荣的老教师的情怀，用她生命本身的力量征服了学员！

当她在动车站和我们告别时，她一手拉箱子，一手拿包，肩膀上还背着双肩包，我们担心她拿不动，她却说："你们放心吧，这套程序我已经熟悉了。"

听她这么说，我们不知道如何去回应。因为，说什么都已苍白无力！一位 68 岁的老人，用她的生命照见我们内在的惭愧。

当我们喊累的时候啊，想一想这位 68 岁的老人吧，我们也许会汗颜，但也因此会精进前行！

感恩李丽英老师用她生命的镜子照亮你、照亮我！共勉！

2017-6-2

什么是生命银行

我们的实地课程中，有一个小小的红箱子，我们把它命名为“生命银行”。凡是不遵守约定的、迟到的人，都主动往小箱子里存钱，存多存少无所谓，随自己的心意。

何以把它命名为“生命银行”？

有句话说：“事实上，宇宙不过是一个超大的银行，而生命是一个活动的存款机与取款机。”所以，我们每个人的一言一行都只是在自己的生命银行里存款、取款罢了。因此，每个人都要过好自己的人生，对自己的命运负责。

2017-6-4

都是一毛钱

这几天在家，隔三岔五便去菜市场买菜。一次买了一个大南瓜，卖南瓜的大爷说：“4.9 元。”我递过一张 5 元纸币。大爷看着我，并没有找钱的打算，说：“一毛钱就算了，别人卖 3 元，我卖 2.5 元呢！”言下之意，我还占便宜了。

我没有多说，拿了南瓜走了，不过心里隐隐地不舒服：“明明是要找我一毛钱，怎么还像我占了便宜呢？”

还有一次，我买了一把苋菜，卖菜的大娘说：“2.9 元。”我递过 3 元钱，就在大娘找钱的时候，我说："不用找了"。大娘惊喜地反问："不用找了？"

我答："嗯。"拎起菜回家。

都是一毛钱，感觉却为什么很不一样呢？皆因一个是被动交付，一个是主动给予。

2017-6-5

一个小饭馆的启示

回到舒城，已到吃饭的时间，于是去街头寻找去年吃过的小饭馆。10分钟后，我们惊讶地发现，那个街头小饭馆已经变成像模像样的大饭店了。

两人点完菜，不由感慨，索性开始盘点他们"鸟枪换炮"的缘由。陶总一边掰着手指一边数：

第一，老板娘笑嘻嘻的，让人感觉舒服。

第二，我们点菜时，她提醒我们两个人吃够了，为顾客着想。

第三，家庭和睦。记得去年来时，是爸爸、妈妈和儿子在店里忙碌，今年多了挺着大肚子的儿媳在收钱点菜，家和万事兴。

第四，饭菜味道好，分量足，价钱公道，立足于本分。

从他们开小饭馆谋生，到我们成立"生命一棵树"做培训，其实都一样。

在"生命一棵树"中，导师和义工老师笑嘻嘻的，让人见之喜悦；从改进报名通道到一系列细节准备均从学员的角度出发，这是为学员着想；导师和义工老师也要建设好自己的家，家和万事兴；我们要一直提供超值的品质课程，于我们来说，这是立足于本分。

2017-6-8

精神与梦想

我以为，人活着还是要谈一谈精神、谈一谈梦想的。

今天是玉溪公益行开营的日子，我们凌晨 4:00 起床赶往机场。晨曦微露，我的思绪却依然在昨晚的微课里，甚至依然可以觉察自己对家长的一丝丝情绪。实在是见到太多太多的孩子像被装在套子里，他们被装在考试的套子里，被装在分数的套子里，被装在恐惧的套子里，被装在迷茫的套子里……

一方面，大人活在物质的世界里，另一方面，却要求孩子好好学习，天天向上。

现在的孩子有吃有穿，大人却依然用找个好工作去引导孩子奋发图强，孩子哪来的动力呢？

亲爱的爸爸妈妈，和孩子聊一聊精神，聊一聊生命的意义，聊一聊人生的目标，聊一聊天赋和梦想吧，好吗？

分数一定不是唯一的，人活着，若没有一场精神的约会，和智能机器的区别在哪里？

2017-6-9

同一块红薯

早上去餐厅吃早餐。先生非得让我吃块红薯，我说不想吃，他开始向我灌输吃红薯的种种好处，直到我吃了一口才罢休。

心中不由感慨，曾经我吃红薯的时候，他用不屑的眼神看着我，意思是这有什么好吃的！我若让他吃一块，他必定回答："我才不要吃，小时候吃多了。每天书包里都塞满红薯当饭。"

时光流逝，有一天，他忽然向我宣传吃红薯的种种好处，说可以养生，说每天吃一块红薯能保持身体健康。

同一个人，同一块红薯，怎么就不同了呢？无非是对红薯价值的认知不一样了。

此一时，彼一时。年少时，在乎的价值是好吃：我觉得红薯不好吃，所以我不吃；人到中年，在乎的价值是健康养生：红薯有营养，有利于身体健康，所以我每天都要吃。

由此我想，在对孩子的教育中，若能够用孩子在乎的价值去引导孩子学习，应当能产生可喜的效果。

愿天下的父母都能找到孩子在乎的价值，并以此去引导孩子自主学习。

2017-6-11

自我突破可以从捡垃圾开始

玉溪，聂耳公园。我们一行 4 人（我、陶总、妙君、月利）边走边聊着 29 期公益课的花絮，课程效果在我们的预料之中，每次看到学员的改变，我们的心情都特别喜悦。

夜景很美，我们的心情也很美。只是地上横七竖八的饮料盒、餐巾纸等各色垃圾不太美。

陶总率先弯腰捡起了塑料袋、饮料盒。我们一边喊着：陶总，你是个好人啊！一边哈哈笑着，开始捡垃圾。

此时，我注意到小美女月利也开始弯腰捡垃圾，非常欣慰。

因为，我知道对于很多年轻人来说，在大街上，要自然地捡起烟头、餐巾纸、矿泉水瓶，并将它们丢进垃圾桶，其实并非易事，也许会脸红尴尬，也许会怕他人嘲笑，总之，需要一点勇气。

边走边捡，时间过得很快。到酒店门口时，小美女月利喜悦地说："弯下腰去的时候很开心！"

愿更多的朋友在弯腰的一刻体会到付出的喜悦，让世界因我们而美丽！

2017-6-12

能帮到孩子是喜悦的

刚刚接到儿子打来的电话，电话里他叙说着刚到一个工作岗位的感受。

儿子此次回原来的公司工作，是因公司主管的邀请回去的，所以儿子就特别想回报这份知遇之恩，也想证明自己值得主管看重。懂得感恩是非常值得肯定的，但同时也背负了一份压力，害怕失败的压力。

当我感受到孩子的压力时，我试着征求儿子的意见，看他是否同意我用专业技能帮他释放这份焦虑和压力。

在征得儿子同意之后，我们共同进行了一次心理疏导。

放下电话，我对自己当年走上自我成长的路，对自己学习亲子知识感到很值得。不说我能帮助千万个家庭，至少我能在自己的孩子需要帮助时帮到他，这已经是一个妈妈最开心的事了。

所以，做父母的还是要学习一些新学问（如沟通的学问、情绪管理的学问、负能量转化的办法等）。

父母才是孩子最好的导师！能帮到孩子是喜悦的！共勉！

2017-6-13

请允许自己放下

昨天，我用圣多纳释放法为自己舒压。

当我静静地去观想渴望改善的那件事时，当下的感觉和脑子里一贯以为的感觉很不一样，我继续去体验这份感觉，并问自己："我允许自己欢迎这份感觉吗？""不欢迎！"

"我愿意放下这份感觉吗？""不愿意！"

"为什么？"我轻轻地问自己。

…………

答案在不断呈现，我感到意外，又感到欣喜；在探索生命的路上，我又往前走了一步。

请允许自己放下，但觉知到心不愿意放下的时候，请轻轻地问一问自己：为什么？然后去进一步探索"不愿意"背后更深的原因所在，同时解决它，好让我们活得更轻松、更喜悦，去更好地服务大家。

2017-6-14

大人和孩子

昨晚在中学做中考前的压力辅导，约 150 个学生，20 多个大人。学生坐前面，大人坐后面。

通常，都是大人要求孩子上课认真听讲，认真做作业，不要交头接耳，不要做小动作。

昨晚，我却看到另一幕：孩子在前面听得认认真真，大人在后面谈得认认真真；直到孩子转身向大人做出停止的手势。

也许我们大人真的习惯了要求孩子的是一套，转身自己做的又是一套；也许我们大人觉得这是成年人的特权，也许我们觉得心安理得。

渐渐地，你在孩子面前说话不再管用，你在同事中渐渐失去好人缘，这时，你会觉得孩子叛逆，别人难以相处。

身教重于言教，直白而浅显，可惜人们大多只是会说而已。

2017-6-15

她们的勇敢和真实让我尊敬

“生命一棵树”的实地课上，来过两位学员，一位年近 60 岁，一位年近 70 岁，他们都是从千里之外的住地赶到课程会场的，来了之后和其他学员一起坐在地上听课。

看到她们，我不由升起惭愧之心，惭愧自己的偷懒和懈怠；同时，也不由自主地对生命升起敬畏之心。

记得李中莹老师说过，每个人心里都有本能的“生命之火”，以帮助每个人过得轻松快乐，成功满足。

这两位奶奶级的女性用她们的勇敢和真实告诉大家：成长不分年龄，每个人都有权利让自己活得轻松喜悦、幸福圆满。

面对她们，我心生敬意。

愿我们每个人都能真实地看见自己内心的需求，勇敢地去突破自己。

2017-6-16

我怕别人看不起

1

近日，我去一个小学同学家串门。刚坐下，同学即指着茶几上的一条香烟问我：“这大概多少钱一条？”我回答：“我不知道”。他很开心地说着：“我也不知道。朋友送的。五条！”

这时，朋友的妻子恰好端着水果过来，白了他一眼说：“你别听他胡说，哪来的五条，就这一条。他就喜欢胡说八道！”

我笑着吃水果，心里却闪过宋丹丹的小品台词：“你看我，浑身上下都是名牌！我这鞋，阿迪达的；裤子，普希金的；衣裳，克林顿的；皮带，叶利钦的。你再瞧我，我这兜里头用的都是世界一流名牌化妆品。美国著名歌星麦当娜抹啥我抹啥。”

同学兴高采烈地告诉我朋友送他五条香烟，无外乎是想证明自己的价值。只是，这是真正的价值吗？

因为我们俩熟悉得不能再熟悉，我故意笑着说：“唉！这么多年过去了，你还是怕别人看不起你啊！”

2017-6-21

2

“我是谁？”“我的人生是怎样的?”这两个问题有共同的指向——身份确认，而自我价值感则是支持个体完成“身份确认”的能量：

自我价值感高的人，身份确认有底气；自我价值感低的人，身份确认缺乏底气。

这时，就需要外力提高自我价值感。于是，傍名牌、傍名人，一条香烟变成了五条香烟，嫉妒他人、贬低他人等行为出现了……

2017-6-22

3

低自我价值感低的人，很容易为了蝇头小利放弃原则、底线，甚至会用伤害自己、贬低自己的方式达到目的。

因为害怕别人看不起自己，所以会刻意炫耀、抬高自己。

如果别人比自己厉害，就会不由自主地贬低别人，把别人拉下来。

2017-6-23

4

这让我想起了郭冬临的小品《有事你说话》。

为了让别人看得起，冬子明明没有任何社会关系，还是满口答应帮别人买火车票，最后只能自己带着板凳、棉被去火车站彻夜排队。

像冬子这样的人实在太多了，他们这样做无非是想让别人以为他们很有本事，从而看得起自己。

全然不顾自己能否做到，什么事都能满口答应，如果做不到，还得用谎言去掩盖；

故意炫耀财富，恨不得十个手指都戴上金戒指，脖子上再挂一条链条般的金项链；

热衷于和名人拍集体照，时刻将集体照放在包里，随时拿出来告诉别人“我有关系”；

追求牌子，真品买不起，赝品也可以，总之得有“牌子”；

…………

凡此种种，都是心中害怕罢了！

2017-6-24

5

有的孩子喜欢挑战老师，故意破坏规则，或者喜欢做别人不敢尝试的事，这是因为他渴望得到关注，用这样的方式引起别人的注意，其实，他是害怕别人看不起自己，所以才故意显示自己有力量。

我在少年特训营（全称为“生命一棵树·智慧少年特训营”）就遇到过这样的孩子。有一个女孩，经常一动不动地盯着我，不管我说什么，她都会和我争辩，只是为了赢我。如果我触到她的痛点，她就哭到泣不成声。

2017-6-25

6

自我价值感低还有另外一种表现形式——嫉妒。

嫉妒心强的人见不得别人比自己好，总是想方设法打击别人，以求得心理平衡：

以揭别人短为乐趣；说话尖酸刻薄，喜欢搬弄是非……

殊不知，这种行为模式不但无法让其真正获得别人的尊重，反而会让自己越陷越深。

2017-6-27

学习小感悟

什么是学习效果

我们去参加一个课程，总会想这样一个问题：有没有效果？那么，什么才算是效果？

在课堂上，我常常看到有些学员奋笔疾书，想把我讲的每一句话都记下来，把每张 PPT 上的内容都抄下来。

但是，我经常故意不打开PPT，不让大家抄。因为我在意的是学员的学习效果。

因此，我常常对学员说：如果你是专业的心理咨询师，想模仿或借鉴，那就需要记详细的笔记；但如果你只是普通学员，要知道，最重要的不是笔记，而是体验、收获。

为什么？因为记下的笔记在本子上，体验到的收获在心里。只有心有收获，想法才会改变，念头才会转化，行动才做得出效果来。

只有入脑入心，观念才会改变，才会进而转化为行动。

有效的学习不在于笔记有多完美、理论有多完善，而在于是否在实际生活中加以运用。共勉！

2017-6-28

什么是正能量

“正能量”这个词在生活中普遍存在，那么，我们该如何感受它呢？

今天上午的课程结束后，我回到房间，只觉得头晕心累。

电脑中正在播放能量朗读，我顺手翻开读两句，读着读着，感觉头脑清醒了一些。

读完两遍，心情明显转好，头脑也清醒了，似乎有了再次面对那些问题的勇气。起身给自己倒了杯水，吃了几颗坚果，打开电脑写感悟。

能量看不见、摸不着，但真实存在。低频能量让人压抑、烦躁，甚至绝望；高频能量让人欣喜、轻松、有力量。

很多时候，事情发生了就是发生了，我们能做的就是照顾自己的身心，实现从低频能量向高频能量的转化。

给人欢喜，给人信心，给人力量，给人希望，就是最好的正能量。

2017-6-29

老师的祝福

回首一望，跟随李中莹老师、吴文君老师学习已近 10 个年头。李老师治学严谨，用词精准，不讲废话，拷问犀利且不留情面，“我不是你的爸爸，也不是你的洗衣机”，是他的标志性话语。

在这近 10 年中，他几乎没喊过我的名字。昨天，他竟然清晰地喊出我的名字说：“李平，恭喜你。曾经你把自己藏得很深，在事业、人生、家庭上缺少一份链接，所以过分用力。今天听你的声音，就知道你有很大的突破。”

得到老师的肯定，很是欢喜，继而感慨不已。

2017 年真是个欢喜年。

大年初一，得到这样一个祝福：祝福李平新年快乐，天下所有的好事都降临在你头上！

上个月，又得到吴老师的祝福：李平，太棒了！看到你把“生命一棵树”做得这样有气势、有规划，看到你给这个世界带来的影响，老师很骄傲！

昨天又得到李老师的祝福。能成为老师的骄傲，我是如此的欢喜，老师的祝福也化作我前行的力量。

“传播好学问，幸福中国人”，我在路上；勿忘初心，利他奉献，圆满自己，我在路上。

2017-7-2

老师的敲打

昨天写了老师的祝福，今天要写老师的敲打了。

在“生命一棵树”的义工老师和学员心里，我似乎说什么都对。但回到老师面前，就该是被敲打的时候了，自己的盲区也显露出来了。

昨天，吴老师的几个问题让我豁然开朗。回家路上反思时，想到一些方向。于是，立刻做练习。做完练习，心中更清晰明了。

被老师敲打是幸运的。老师的一句敲打有时就如一盏灯，会照亮你前行的路。一路走来，若没有老师的敲打、师父的警醒，自己不知道要走多少弯路……

2017-7-3

老师的心愿

写完老师的祝福和敲打，再来说说老师的心愿。

行走培训江湖已经 10 年了。从 10 年前坐在台下喊“老师好”，到如今在台上被喊“老师好”，10 年间，几乎没离开过“老师”这个称呼。

最近 5 年，若加上微课，超过 10 万人听过我讲课，近 10 万人听过我的录音，近 500 人做过个案。虽然不是体制内的老师，但也还担得起“老师”这个称号。

作为老师，你的心愿是什么？我问自己。

“桃李满天下？”不是。

闭上眼睛，心里冒出一句话：“每个学员的蜕变，每个家庭的蜕变，每个孩子的蜕变，每个家长的蜕变。”

家长变得有境界、有梦想、有能力、有道德、肯践行，孩子变得有朝气、有自信、爱学习、有梦想、懂感恩，家庭变得欢喜美满，个人变得有力量、有智慧。

如果所有学员都能看见爱、创造爱、传播爱，那我所有的付出都值得。我可以骄傲地告诉自己：我是一名讲授生命的老师。共勉！

2017-7-4

你为什么来这里

1

一直很想分享这家小店的故事。

一直以来，先生会特意开车起早去这家店吃早餐。我很好奇，跟吃了一段时间之后便开始探究——他为什么总来这里？

第一次被震撼：我去了一两次之后，店老板就吩咐员工我吃的面不要放肉。到这家小店吃早餐的人络绎不绝，吃一碗拌面需要排队等候。

要稀饭的，要煎饺的，要粉丝的，要拌面的，嘈杂之中，他竟然记得我吃面不放肉！

第二次被震撼：客人自己算账、放钱、找钱。柜台上放了一个盒子，老板忙得没空收钱，就让顾客自行结账。

很多人问："你不怕别人白吃啊？你店里早餐也不便宜！"

老板答："不会。我们每天晚上轧账，有时还多呢。你要相信没人会白吃的，如果有人白吃了，就当我请他吃了顿早餐。"

我去体验了一把，发现不是店家不相信你，而是自己不相信自己，或者害怕店家不相信你。于是，常有顾客迟迟不敢下手找钱，反复提醒店老板："我放进去了啊！"最好店老板看着自己找钱才安心："我是清白的。"

小店的故事别具一格，请听明天继续分享。

2017-7-20

2

长久以来，我们已经习惯了彼此防范、彼此证明。

老板让你自己付钱、找钱，内心的防范意识会即刻开启：谁能证明我放钱了？万一店家过来找我要钱，我找谁作证？万一店家问放了多少，我怎么讲得清楚？所以，每次付钱时都希望老板看到。但老板却无暇于此，只好自己结账走人。

走出店外，想想还是觉得不可思议，便问自己："若是你开店，是否敢这样做？"

老老实实回答："不敢。"

为什么不敢？担心、害怕、恐惧。担心别人白吃白拿，担心亏本……可店老板不但敢这样做，还做得不亦乐乎。因为他相信别人不会白吃。如果有人白吃，就当请他吃顿早餐。

而我们之所以担心，是因为我们潜意识里相信一定会有人白吃，而我们又不愿意让别人白吃。

至此，内在的匮乏感已经暴露无遗。信任是一种能量，但不是想相信就能相信的。

只有内心丰盈富足（与金钱不成正比），你才有力量信任世界。在两性关系中，只有你感到爱是丰盈的，你才会真正信任你的伴侣。

2017-7-21

3

有意思的是，当店老板把信任的橄榄枝伸过来时，我们却不敢坦然接受。我们一直渴望被信任，当真正被信任时，我们却有那么一点犹豫。

“你有资格被信任吗？”脑子里的答案也许都是“有”，可潜意识的答案怕是五花八门的。

“我怕别人误会，我需要他人的证明才心安理得”“我不值得被信任，因为我说过很多谎言”“我不要他们这么做，我受不起”“人与人之间，真的可以这样彼此信任吗？”

…………

也许我们欠自己一份坦然和勇气，坦然说真话的勇气，坦然接受美好的勇气，久而久之，我们便失去了信任的资本。

2017-7-2

4

老板高高瘦瘦，老板娘矮矮胖胖，老天的安排总是恰到好处，以求得平衡。

柜台的另一边摆着三个大盘，装满冒着热气的小菜，任由客人自取。小菜都是刚刚炒出来的，色泽诱人。

我坐在桌边，看某些客人索性拿个一次性杯子装满，也没见老板娘或服务员大呼小叫，倒是先生替店家不平：这些人难道家里没的吃吗？遇客人付账 21 元，老板说：“算了，20 元吧！”

我着实佩服店家的经营之道：予以多，取以少。用智慧经营，小店必然会火！小店早餐并不便宜，人均消费在 10 元左右，但却人来人往，一碗面等 10 分钟也是常有的事，为什么人们还是愿意去呢？记得你的面不放肉，感觉被尊重；让你自己找钱，感觉被信任；小菜自取，不另外收费，感觉划算；小菜新鲜炒出，感觉好吃……

好了，小店的故事暂且讲到这里，愿你从中读懂、悟到一些道理。

2017-7-23

看见自己不容易

1

在云南峨山站公益行，妙君老师提了个问题："老师，给大家再讲讲什么是傲慢。"什么是傲慢呢？

常常有认识或不认识的朋友申请加好友。今日摘取几位朋友申请加好友时的留言：

"李老师，通过一下，我是××。"

"我是××。"

"听过很多您的微课。"

"您好，我是系统排列班的××。"

"我是重庆××，听了老师的课，愿追随。"

"李平老师，您好！我们团队想邀请您为我们授课，可以加我吗？我是××。"

"老师，您好！我是学员××。"

"老师，我是××。"

大家猜猜，我接受了谁成为我的微信好友?而你又愿意接受谁？为什么？

2017-7-24

2

5:30，杭州机场。

无论值机柜台还是安检处，或者是候机口，到处都是排着队的人。我懵懵地看着人群，问自己：人到底为什么活着？人到底想要什么？生从何来？死往何去？

如果能够轻松获得成功满足，大概每个人都不会拒绝。

可是，人又是很奇怪的动物，明明想要轻松，却又把自己折腾得很苦，在恩怨情仇中沉沦纠缠。如果活轻松了，反而会内疚。

我常常问来访者："你不要这些，你要什么？"很多来访者答"不知道"，迷茫而无助。

不想要已经有的，又不知道想要什么。这就好比不想吃饭，却又不知道想吃什么，因为没有吃过饭以外的东西。这种感觉是痛苦的。人要读懂自己不容易。允许自己有更多的体验吧，允许自己有新的可能性，万一在体验中你读懂了自己呢？

2017-7-25

真假美猴王

1

这则故事陪着一代又一代人长大。

孙悟空因打死妖怪，被唐僧责怪、赶走了。

少了悟空，取经团队便缺了力量，不要说降妖除魔，就连渴了喝口水都困难。

猪八戒嘟嘟囔囔地抱怨着："师父，一路走来，都没看见有水啊，你还偏要赶路，我到哪儿给你找水去啊？"

"眼看天要黑了，也没见个人影，我们到哪里落脚啊？沙僧又走了，好了，师徒四人只剩下我们俩了。"猪八戒远没有悟空能干，可唐僧却不怪他："八戒，你快去快回啊，即使找不到水，也快点回来啊。"

为什么？因为八戒没有悟空的"傲"。

现实生活里，悟空和八戒在团队中处处存在，悟空成不了八戒，八戒也成不了悟空。只有悟空没有八戒，团队就会没了烟火味、市井气，少了温暖和欢乐；只有八戒没有悟空，团队恐怕永远到不了西天，取不回真经。沙僧既不会八戒的取巧，也没有悟空的锋芒，但本分老实，让人安心。

然而，人的欲望总是沟壑难填，有了沙僧的老实安稳，却还惦记悟空的能耐、八戒的诙谐。

还没有取回真经的唐僧尚且如此，何况你我凡人？

悟空说那是妖怪，唐僧说不是，悟空打死了妖怪，唐僧念紧箍咒，悟空就得受着，这叫序位。

悟空走了，唐僧发现冤枉了悟空，顿觉内疚，一句“悟空，为师错怪你了”，悟空即刻飞奔而来喊“师父”，这叫平衡和归属。

人生如戏，戏如人生。善待自己，接受自己是个凡人。凡人总喜欢听好话，总以为自己是对的。殊不知，凡人也要改变：错了，就说一声“错怪你了”。

真假美猴王，谁是真的，谁是假的？

龙王说：“大圣啊，你变来变去，变得都是你自己。”

连观音菩萨都要问：“你们两个，谁是真悟空啊？”所以，要认清自己只能自己用功，问旁人无益。

2017-8-2

2

感谢各位家人对《真假美猴王》一文的回应，读着大家对《真假美猴王》的妙解，心中很是感慨：100 个人心中有 100 个哈姆雷特，那么，100 个人心中也有 100 个孙悟空吧。

这部片子我看过很多遍，却从未有昨日的味道。我用“生命一棵树”惯用的语言风格来描述吧。

第一，透过现象看本质——系统隐藏动力之序位。

表象是悟空打死妖怪，唐僧说那不是妖怪，是无辜的好人。于是，悟空被赶走了。按常理来说，悟空保护了唐僧，唐僧应该为徒弟有降妖除魔的本事而高兴。可是，唐僧却赶走了悟空。

八戒本事没有悟空好，还絮絮叨叨地埋怨师父，唐僧却没有发火。

其原因在于悟空身处低位，却长有“傲慢心”，不被理解时，又生“嗔恨心”，故就算一片忠心，也要受紧箍咒之苦。

第二，透过现象看本质——外在的一切都是内在的显示。

门外没有别人，只有你自己。唐僧和悟空生了二心，不想要悟空了，就会出现一个恨唐僧、打伤唐僧、想抛下唐僧自己去取经的悟空。故佛祖曰：都是你们师徒不和，才惹来这一劫难！

第三，透过现象看本质——系统隐藏动力之平衡和归属感。

唐僧知道了真相，心生内疚，一句“悟空，为师错怪你了”即刻使能量趋向平衡，悟空的委屈化作归心似箭。

悟空一声“师父”跪在唐僧脚下，序位被尊重，付出、收取平衡，隶属的资格被肯定。于是，系统重新趋于稳定，师徒四人重新踏上取经之路。

2017-8-3

我心惭愧

第 10 届少年特训营山西站在三门峡开营。我认识或不认识的义工老师都在忙碌着，准备迎接孩子们的到来，三门峡的夫妻档义工老师们尤其让我感动。

彩虹的先生苗老师，荷莉的爱人赵老师，枫丽的同事李老师，还有羿娴和爱人薛老师，从运城开车一个多小时来到营地：

“生命一棵树”到家门口了，我们一定去看看，能做点什么就做点什么吧。我其实喊不出他们的名字，甚至从未见过面。因为他们，本届特训营才得以开展。

想起他们，想起全国各地的义工老师，我心生惭愧，常常感到惶恐，生怕自己伤害了他们。若没有义工老师的帮衬，“生命一棵树”能开几次营呢？

而我却常常对他们大声说话，有时甚至带有情绪。

我由衷地向“生命一棵树”的所有义工老师表达歉意与感恩：对不起了！感恩大家对我和陶总的包容。

2017-8-5

架是怎么吵起来的

吵架吵架，这个架到底是怎么吵起来的？某一天在飞机上，我目睹了一次吵架的全过程。

上午8:00，在延误了1小时之后，终于开始登机了，登机后，大多数乘客渐渐睡去。

大约过了1个多小时，乘客甲醒了过来，他以为飞机正在空中翱翔，抬头看看窗外，发现飞机还稳稳地停在停机坪上。

这时，甲接到朋友的电话，大约问他到哪里了。甲嘟嘟囔囔地回应：“我还在机场呢，都登机一个多小时了，还没起飞呢。我都睡着了，醒来还在飞机场，这航班怎么老延误啊，我特意早起赶早上的航班呢，还是延误，啊呀！真是讨厌！”

本来也没啥事儿，他只是向朋友吐个槽而已。不料，旁边一位女士——乘客乙开始发言：“出门在外，要调整好自己的心态，别那么多抱怨！”

这下，我预感到事情不妙了。果然，甲转身对她说：“我跟我朋友打电话，关你什么事？狗拿耗子，多管闲事！”

“你打电话，我听见了，你干扰到大家了！”

“我干扰谁了，你不想听坐头等舱去！”

“你素质怎么这么差？坐过飞机吗？有本事，自己买架飞机啊！”

…………

两个人的声音越来越大，空乘人员过来，开始“灭火”：“两位别吵了，都不要出声了，好不好？”不过看起来，火不仅没有灭下去，还有点越烧越旺的架势。

“不好，你没听见她说什么话吗？叫我买架飞机，我凭什么要买架飞机，航班延误那么长时间，我跟朋友打个电话关她什么事？”“素质太低了！有坐过飞机吗？”“你素质高滚到头等舱去，我素质低坐在这里，好不好？！”

事态发展到这里，我估计若不是在飞机上，就该打起来了。综观整件事情，谁错了呢？乘客乙吗？她开口说话时，似乎也没有恶意，怎么就惹得乘客甲如此发火呢？

关键就在于，乘客乙说话的时候，没有重视乘客甲的情绪。使得原本没错的话在当时大错特错，最终引火烧身，引出一场吵架。

“出门在外，要调整好自己的心态，别那么多抱怨！”这句话若放在平时，没有任何问题，甚至还是开解人的一句话。但在当下那一刻，在乘客甲听来，却是十分的不爽。不爽有三。

不爽之一：航班已经延误2个多小时，乘客甲心里本来就恼火，乘客乙说教式的一句“不要抱怨”，无疑是在火上添油。

不爽之二：乘客乙说得好像乘客甲自己不会调整，很没用一样。乘客乙的话里头有指责、说教之义，谁愿意被指责、说教呢？

不爽之三：乘客乙说“别那么多抱怨”，侵犯了乘客甲与友人宣泄自己情绪的权利。

诸多不爽，使得乘客甲的恼火情绪一下从3分涨到7分，乘务人员不咸不淡的干预，也丝毫没有承认乘客甲情绪的正当性，于是，乘客甲的情绪更加恶化，吵架也就会演变成打架。

吵架怎么来的呢？多半就因为你没有看见、没有认同他人内在的情绪。同事关系如此，夫妻关系、亲子关系莫不如此。

如何走进孩子的世界？请你先认同孩子的情绪感受，再经由感受进入孩子的世界。共勉！

2017-8-19

愿世界因我们而美丽

在《把爱传出去》的歌声里，我宣布“生命一棵树”第 11 届智慧父母成长营圆满结营。

伴随着掌声，我心里涌起感恩，也充满喜悦。

在暑期 2 个月的时间里，“生命一棵树”主办了 8 场活动。智慧少年特训营、智慧父母成长营、智慧婚姻成长营、当下就好草原亲子营、“根的力量”全国公益行、教师专场心理培训等，以及 9 场父母连接课。我非常感谢“生命一棵树”的义工老师们，成就、圆满所有的活动，支持和帮助所有有缘的家庭。

在 3 年前的 7 月底，我在山西的孝和林开始讲授第一场智慧父母课，那时，“生命一棵树”的课程经验为零，我的半月板在讲课过程中严重受伤。

3 年的光阴穿梭，“生命一棵树”从无到有，从零散的课程到十大亲子教育系列课程，其间诞生了“根的力量”全国公益行，公益行的足迹已遍布祖国 11 个省、20 多个城市；微课天地的听众超过 10 万人，喜马拉雅录音的点击量超过 10 万人次。

在泰安车站，想起从 2009 年第一次参加吴文君老师的亲子导师课程，到现在自己作为一名亲子导师在讲台上分享，我无疑是幸运的。前面是老师的引领，旁边是义工老师的成全和家人的支持，后面是学员的信任和肯定。

我是一滴水，融入大海才有了生命力，众生就是我的大海。

最有意义的事情，不是自己独自成功，而是建立一座桥、一条路，让别人走上去。

我愿意成为一座桥、一条路，让别人经由我而走向更高处。让世界因我，因我们的义工老师而美丽。

2017-8-28

你发脾气是哪种愤怒

大概每个人都发过脾气，只是有些人发脾气的频率很高，有的人低一些罢了。表面上都是发火，暗地里却是各不相同的。你是哪一种呢？

第一种愤怒：最原始的反抗带来的愤怒。

有人攻击我们，我们自然会有所反应。这种愤怒驱使我们发起反抗，给予适当的响应。愤怒给予我们力量，当目标达成之后，愤怒随之消失。

第二种愤怒：觉得被歧视带来的愤怒。

我们没有获得应该获得的东西，通俗地讲，当我们认为遭遇不公平对待的时候，我们会愤怒。此时，我们常常用愤怒代替行动，“一怒之下”不计后果。

第三种愤怒：害怕承担后果带来的愤怒。

当我们冤枉了某个人，但又不想承认自己冤枉他人的行为时，我们便会对那个人生气，用这种方式掩护自己，怕被谴责。或者我们没有做好己方该做的部分，害怕对方不高兴，于是对己方的人发火，以此来保护己方：“我都发火了，你们就不追究了吧！”

第四种愤怒：害怕无法回报，良心不安带来的愤怒。

对方给予自己太多，自己感到无以报答，这让自己难以容忍，却又无法拒绝，于是就会带着愤怒抗拒对方的给予。例如，有时候孩子用愤怒代替对父母给予的接受和感激；或者用压抑表达愤怒，“叫你别管，你就是要管，现在好了！”这是通常在愤怒之后的抱怨。

第五种愤怒：认同或转移带来的愤怒。

这种愤怒的感觉源自对某个人的认同。例如，妈妈对爸爸有愤怒却没有表达，孩子会认同妈妈的愤怒，继而对爸爸有愤怒和抗拒。

另外，在家庭中，夫妻之间很容易把对对方的愤怒发泄在孩子身上，孩子成为无辜的发泄愤怒的目标。

在单位里，下级对上级愤怒，但不敢表达。那么，那个最弱的同事就可能成为其他人发泄愤怒的目标。

还有一种是双重转移之后的愤怒。例如，妈妈对爸爸愤怒，女儿承接了妈妈的愤怒，但不敢对爸爸表达，于是便将愤怒发泄在让她感到安全的男人身上，这个人通常是她的丈夫。

第六种愤怒：用愤怒来表达爱。

对所爱的人愤怒，这是爱的一种痛苦体验。这也许是幼儿时期，爸爸或妈妈表达爱的一种方式，孩子只是模仿了这种模式；或者自己对对方的爱没有被理解，觉得自己的爱不被看到，很愤怒；或者用这种方式重新体验童年时对父母的爱的中断，潜意识里与父母相连。

很多人讨厌发火，认为只要发火一律不对。今天的分享，算是给发火正个名吧。

2017-9-12

每时每刻照顾好自己

1

连接城里的道路被封数月，每天要绕一个大圈去城里。下午，和先生去城里分头办事。忙完联系先生，却被回复不知道什么时候能办完。看起来，我有一段时间要打发了。抬起头，太阳明晃晃的，十分耀眼；刚好旁边有家肯德基，进去要了一杯可乐，找个舒适的位置坐下。哈！很棒！

一边从包里拿出书和笔，一边庆幸自己每次出门随身带一本书（给自己点个赞），喝一口冰镇可乐，惬意地翻开书，进入自己的世界。

2

在莱芜就想给自己做个练习，现在机会来了。假如你愿意体验，不妨跟上啊！轻轻地闭上眼睛，深呼吸，然后开始与母亲建立连接。

告诉自己的潜意识：所有和妈妈有关的故事，无论我是否知道，都放在我心里。然后，想象年少的妈妈在当时的环境里会是怎样的心情；会怎样保护自己，使自己活下来。忽然，一股能量蓬勃而来，我仿佛看到妈妈趴在窗口，窗外有日本士兵走过，我能感受到小女孩心里的恐惧；刹那间，我感觉和妈妈的连接如此深刻，感觉全然接受了妈妈的所有。我在心里开始和妈妈对话：妈妈，我理解这一切，我明白了我现在的情绪来自哪里了。

3

妈妈，我理解这一切。然后，看着心里出现的画面，静静地等待，等待心灵的移动。

此刻，不需要对话，只需要给自己一点时间慢慢地睁开眼睛，感觉很好。轻松安宁，给自己一个微笑。继续看书、记笔记，时间就这样慢慢滑到傍晚时分。每时每刻照顾好自己，随身带一本书，或者录音，或者进行能量朗读，都是好方式。

2017-9-14

假如你是周莹

《那年花开月正圆》正在热播，我对临危受命、力挽狂澜，顶天立地的“大女人”向来崇拜有加，心中的偶像是孝庄皇后和《大宅门》中的二奶奶。

偶然看到这部剧的介绍，得知周莹是陕西女首富，一生跌宕起伏，重振吴家东院。于是，开始追剧。

断断续续追着，说实话剧情对我没有吸引力，反而略显冗长拖沓，但周莹这个角色吸引了我。

假如，你是周莹呢？

假如，你是那个被父亲卖到沈家做丫鬟的女孩，你对父亲的态度是否还会一如既往？

假如，你被公公赶出家门，被骂为害人精、扫把星，你是否会在听到公公已死的消息时，跑到衙门替公公击鼓鸣冤？

假如，你被婆婆和族中众人污蔑与人私通，被沉塘，导致孩子流产，你是否还会重返吴家，孝敬婆婆，重振吴家？

假如，你为了重振吴家，向婆婆借银子，婆婆不给，还跑去衙门告你偷盗，害你被责打三大板，屁股开裂，你是否还心甘情愿为吴家付出所有？

假如，你一人要钱没钱，要生意没生意，而身边有个“沈星移”死追不放，你是否还能积极乐观面对将来？

假如，你在不到一年的时间里，遭遇丧夫、家破人亡、被污蔑沉塘、孩子流产等一系列打击，你是否还能笑对生活？

实事求是地说，我做不到，会委屈、会愤怒、会怨天尤人倒是有可能的。

电视剧是创作出来的，但周莹——一个陕西女首富的传奇一生是真实存在的。所以，能成就大事者，一定有别人没有的心胸、境界和魄力。假如你是周莹，会谱写一个怎样的传奇呢？

各位若感兴趣，不妨给自己写本小说，看看会是怎样的结局。不如问问自己，没有成为陕西女首富，你缺了什么？

2017-9-15

写给自己的10年

10 年，我从一个普通的妈妈成为一名亲子导师；10 年，我坚持不放弃；10 年，我心无旁骛，舍弃玩耍娱乐，凭着心中不灭的精神力量一直走到今天。

翻开自己的二级心理咨询师证书，发现发证日期恰好是 2008 年的 12 月 30 日。算上前期在浙大培训的半年，进入心理咨询、培训行业头尾 10 年了。

10 年的人生，说长，似乎在弹指一挥间；说短，却又整整 10 年。人生路上，减去童年、老年，又有几个 10 年可以由自己做主呢？很庆幸这 10 年，我为自己做了主。

我愿意用如下几组关键词来描述这意义深远的 10 年：坚持和梦想、感动与感恩、微笑和眼泪、疲惫和轻松、蜕变和重生、初心和践行、使命和未来、感动和感恩、付出和收获、经历和财富。

▶ 坚持和梦想

当年去报考心理咨询师时，我已经从医院辞职，39 岁。公司刚刚稳定，略有结余。报考的动力是自己喜欢心理学和觉得人不能庸庸碌碌过一辈子。我要做自己喜欢做且能养家糊口的事，要过有尊严、有价值的人生。

于是，在每个双休日的清晨，我匆匆起床，坐 5:30 的大巴车赶到杭州市的培训点。

连续大约3个月，我忘了自己是如何坚持下来的，写到这里，心里涌起浓浓的愧疚。

愧疚的是，当年的自己沉浸在自己的世界里，竟然完全不知道陶总当时是何种想法、感受；也不知道读初中的儿子双休日在做什么。

▶ 感动和感恩

我像一只拧紧了发条的闹钟，只管滴滴答、滴滴答地走着，而忽略了身旁所有的风景。由此看来，我不是一个好妻子和好母亲。但也恰恰是这样的坚持，使我像一只蜗牛爬向了光明。感恩孩子现在的独立阳光，感恩陶总的后勤支援，感恩自己心中不灭的精神之光，感恩生命中发生的一切。

考完心理咨询师证书，我又接着考了企业培训师资格证。2009 年，由江西省党校的一位老师引路，我知道了 NLP，知道了李中莹老师，并最终走进了吴文君老师的亲子导师班，从此走上了一条意料之外的成长之路。

▶ 蜕变和重生

从此，连续4年（加上2018年，就是5年了），我每个月都会有一个星期在外地听课。李中莹老师的课开到哪里，我就追随到哪里。不舍得坐飞机、住酒店，就赶火车、住便宜旅店；吴文君老师开什么课，我就第一时间报名上什么课。学习归来，将老师的录音一句句扒下来，背诵老师的语言，体会个案怎么做——

这样的生活节奏被一直保持到2012年12月。那时，差不多是自己将要放弃的时候，因为，学了那么多，却始终无法真正地用上。

在彷徨中，上天给我开启了一扇窗。从此，我的人生迎来另一个转折点——我生命的基因即将重组。

我用另一种思维模式开始生活——学着付出、奉献，学着担当、改变。

▶ 使命和未来

命运终于向我伸出了橄榄枝，我第一次在近 100 人面前讲完了完整的“智慧父母 5 天课程”，而现场的效果是那样的不可思议。

然后，就是不断地讲课、分享。

然后，就有了“生命一棵树”的亲子关系疗愈工作坊。

然后，就有了智慧少年营，有了微课天地，有了全国公益行，有了 10 个系列课程，有了“生命一棵树”平台。

然后，我有了更远的梦想：建立“生命一棵树”亲子学校。

10 年，我从一个普通的妈妈成为一名亲子导师；10 年，我坚持不放弃；10 年我心无旁骛，舍弃玩耍娱乐，是什么使我坚持下来？是心中不灭的精神力量——我不愿浑浑噩噩地度过人生。然后，遵循内心的声音，不要怕吃苦。不知不觉，就走过了 10 年。

写到这里，我是如此感恩童年所经历的一切。如果我在花盆里长大，估计我早放弃了；如果没有那个年代的理想教育，估计我也早放弃了。

梦想，还是要有的，万一实现了呢？

2017-9-30

善与爱是最好的生态

如何表达爱

在光碟录制现场，有学员问：他说很爱我，可我为什么感受不到他的爱？

在少年特训营里，常常有孩子眼含热泪："我感受不到爸爸妈妈的爱，他们只知道问我作业完成没有，想吃什么，我很烦。"

再讲一个我的故事。

5 分钟前，我走进房间，先生热情地拿出新买的毛衣——一件赤红色的高领羊毛衫。我知道，他此刻非常希望得到我的热情回馈：哇！谢谢老公，你对我真好，等等。早上 6:00 起床，我开始构思《成长拯救婚姻》光碟的文稿；8:30 下楼，赶往录制公司核对资料、录音、录像；下午 4:30 离开公司，5:00 回到酒店，晚上 7:30 要讲微课，今天的分享还没动笔。我已疲惫不堪。更为重要的是，我的脖子短，不适合穿高领上衣，另外，赤红色是我很少碰的颜色，因为我的皮肤偏黑黄。此情此景，说喜欢，心里明明不想要；说不喜欢，又怕伤了先生的心。先生显然受到了打击，嘟囔着："花了钱，一片好心买件衣服给你，还受气，下次别想我买东西给你。”

表达爱时，我们不以自己以为的方式，而用对方可接受的方式，效果可能会更好。

2017-10-25

感情保鲜小技巧

各位朋友请注意：我写的是感情不是爱情，因为这小技巧在爱情、亲情、友情方面通用。啥技巧这么牛？其实我不过是卖个关子，所谓的技巧就是四个字：共同经历。

人活在哪里？人活在过去。过去的种种经历、感觉综合成一股能量，莫名其妙地左右你的选择，引起你新的感受，再周而复始。要不，你在这里停留一分钟，觉知一下：你当下的选择是否恰恰是由你过去的感觉决定的？

当我问你：你觉得你的婚姻幸福吗？你依据什么来回答呢？是过去还是未来？既然如此，要保鲜我们的感情，只要让我们的回忆有感觉就可以了。那么，焦点就是怎样能让我们的回忆有感觉？答案：共同经历。共同经历有大有小。大到一次共同的旅行、共同的求学等；小到做饭时为你递个盘、切片姜。

这一切即刻成为过去留存在你心里，支持你未来的感觉，让你觉得自己是否幸福。要不要马上试试？很多时候，我独自一人在做饭，先生在客厅看电视（干活时例外），我便扯起嗓门喊：“陶总，进来帮个忙呗。”“干啥？”“帮我把辣椒洗了呗，我来不及啦！”

真的来不及吗？有时是，有时不是。重要的是，厨房里不再是你一人在忙碌。当然另一个人来了，你得“厚待”人家，别冷若冰霜，别一副“他就应该来”的不耐烦样。具体怎么操作，发挥你的聪明才智，随便你七十二变，花样多多益善。

总之，共同经历的是喜悦，不是痛苦。

相互聊天是共同经历，手牵手是共同经历，逛街买菜也是共同经历，每个人和对方共同经历些什么不重要，重要的是：在经历的过程中，你有喜悦的感觉吗？无论在亲情中还是在友情、爱情中，你的喜悦越多，情感保鲜期必定越长。试试呗！

2017-10-26

我要做个“250”

“250”，一个通常用来损人的数字。

我在课堂上却常常号召大家一起来做“250”！

为什么？因为“250”是一个非常好的能量临界点。

“250”，代表淡定。

昨天在微信上读到一句话：能量级达到“250”是一个人过上有意义、顺意生活的开端。因为这是一个人出现自信的能量级。是的，当能够达到淡定能量级的时候，你心里清清楚楚知道自己是谁，在干什么，自己的要的是什么。那么，你就不会轻易被别人的一句话影响，不会轻易动肝火。当我能全然地做个“250”的时候，我深感欣慰、自在。

2017-10-27

等待叫号的我

昨天，在广州举办的第5届“智慧婚姻成长营”结束了，今天凌晨我到家，稍事休息便如约坐在专家门诊外面候诊。1个小时后，坐在专家面前，等待宣判。不过，所有事情似乎都在考验我的耐性。专家看完我上次按要求做的检查，给我一句话：再去做个 B 超吧。你上次的检查离现在有 12 天了，重新做，假如……我无言地接过预约单，去碰运气：看看今天能否约上。

幸运的是，我赶上了最后的一个名额。交钱、约单、刷码，终于坐在门口，成为今天可以检查的幸运者。此刻，我在等待叫号。深深地呼吸，闭上眼睛，想流泪——是心疼自己吧。想起专家说的“假如”，深感命运的不可知和生命的无常。回顾这一年半的光阴，如梦幻一般，人生中什么是应该的呢？

放下吧，缘起缘灭。人生是一场体验，痛苦的终极意义当是叫人从痛苦中解脱。无论如何，我相信自己一定会好的。

2017-10-30

什么是圆满生命

何为圆满生命？在我看来，圆满不是指完美得没有瑕疵，而是全然地接受事物本来的模样。例如，孩子接受父母和家族给予的生命和钱财，这通常被认为是正面的；同时，孩子也要承担父母和家族给予的创伤和包袱，这通常被认为是负面的。

我们应平静祥和地看着这一切说：即使这样，我依然接受并深深地爱着我的父母和我的家族。

我安然地接受父母和家族给予我的生命和钱财，也安然地接受父母和家族给予我的创伤和包袱，我会将创伤转化为资源，将盲目的爱转化为智慧的爱！我认为这就是一个有情生命的圆满，若能将智慧的爱从家族扩大到大众，这就是一个觉醒生命的圆满了。

何为圆？圆，即是圆融。

无论发生什么，都能看到事情背后的正面意义，都能相互转化，最终趋向虚空和寂静之中。何为满？满有丰盈、富足、满足之意。

2017-11-1

女人的心灵自由

昨晚就开始收拾行李，今天一早出发去杭州学习，共需 10 天时间。

从去年 7 月开始，这是我第一次一个人长时间出行，心中还是有些挂碍。挂碍的感觉并不好，它的背后是什么呢？到达目的地，放下行李。我静静地坐下来，去关照那个有挂碍的自己。

我看着那个挂碍的我，心中升起一股悲悯之心：“可怜的人啊，处在情执之中受苦。”同时更感受到，其他女性也在承受这无名的情执之苦，而无法走出来。

我想挣脱，不想心灵被这样捆绑。但这样的捆绑也是我选择的代价。那么，自由和捆绑，你要哪个？我要心灵的自由。这大概是我这次来新的课程的探索命题了。“我在哪里？我在哪里？”“我在疲劳里——”呼，我深深地呼口气，眼泪慢慢地流下来。“我有资格轻松地活着。”

轻松地做事，就像我写分享，不必拘泥“第几天”，不一定要每天写，灵感来的时候即刻写，即刻分享。活在当下，我有资格轻松地、心灵自由地活着。共勉！

2017-11-11

蜕变的疲惫

蜕变、探索是疲惫的，但不变是痛苦的。

6:30，跟随老师去上早课。2 个小时下来，感觉疲惫得要虚脱。将身体状况报告给老师，被告知：“好事情，一个不知道累的人知道疲惫了。”回到房间，倒头沉沉睡去。

半小时后醒来，精神好了许多。想起 2009 年，当时第一次去上亲子导师班，大哭之后，也是这般脚下虚浮。

成长总是要付出代价的，蜕变总是要经历辛苦的。修行累不累？累！但不努力更累。

探索中蜕变是疲惫的，但不变是痛苦的。

2017-11-12

幸福都是奋斗出来的

“幸福都是奋斗出来的”这一句，应该成为一边蹉跎光阴一边抱怨生活不公者的座右铭。

有位朋友常常跟我感慨：“人和人的差距怎么那么大呢？有的人出差，

有人接有人送，还有人陪同去游玩；我出差怎么就没人接送呢？这世界太不公平了！”

10 年前，他半夜读书的时候，你在干什么呢？他晨起跑步、背书训练的时候，你又在干什么呢？我们总是羡慕别人的风光，却不愿问：他们做了什么，才有了和我不一样的人生。前两天，给一个厌学的孩子做辅导：

“不想去学校吗？”“是的。”

“想起学校时是什么感觉？”“不知道，反正就是不想去。到了学校门口就想赶快走，赶快走！”

“噢，说不想看见的时候是什么情绪啊？”“烦躁。”

“在家里的感觉好吗？”“一般般。”

“我猜，在家里，你很自由，想睡就睡，想起来就起来，还可以发发小脾气，爸爸妈妈还怕你，是吗？”“有一点。”

“而在学校却需要遵守老师的统一安排，做错了还要受罚，是吗？”“是的，在学校什么都是被安排好的。”

“你最不满意自己什么？”“懒。”

“在学校偷懒会挨骂，在家里偷懒没人说，是吗？”“是的。”

“你当然可以继续选择在家里过自由的生活，但同时也许你要付出代价，你能接受吗？例如，10 年后，你的伙伴可以自己挣钱自己花，他们有读大学的经历，有找工作的能力，而你只能自卑地待在家里。”

“嗯，老师，我明白了。”

幸福都是奋斗出来的，哪能随随便便就拥有了呢？

愿我们一起定好目标，一起努力向前。

2018-1-1

一个大国思想者的英雄情怀

第一次听公教授讲课——《大思想——中国崛起的瓶颈和突破》，第一次聆听一位学者站在国家民族的高度讲信仰、价值和精神，我仿佛看见一位思想者从远古走来，用智慧和激情点燃信仰之灯，唤起精神和信仰的力量。

英雄情怀夹杂着不可抵挡的力量扑面而来。和平年代，谈英雄情怀似乎是奢侈的，将英雄情怀作为生命状态更是奢侈的，而公教授做到了。他说："一个国家的思想者能走多远，一个国家就能走多远；民族的崛起依赖于文化和思想的崛起。"

所以，时代呼唤伟大的思想家，国家呼唤伟大的思想家，而他愿意做这样的思想家。

为思想献身，这是一个大国思想者的英雄情怀！

2018-3-2

原来，我们不知道

今天，老师讲了一句话：一根毛线觉得自己很渺小、卑微，因为它不知道自己对毛毯的奉献。

我想起在 2017 年的中秋晚会上，张健分享说："我们正在做的事，促进了全面建设小康社会、和谐社会，是实现中华民族伟大复兴的重要组成部分。"

当时，我们很开心，觉得很"高大上"；今天，听到老师的话，更真真切切地感受到，我们要为中华民族的振兴、中华文化的复兴贡献力量。

爱国不是一个概念、一句口号，而是真真切切的行动。

老师说，这根毛线醒悟了！你这根毛线醒悟了吗？

2018-3-5

帮助人是喜悦的

和一位家人聊天时说到怎么处理情绪，我说“8 点法啊”，他很好奇，一直问我什么是“8 点法”，并一连 3 天让我教他。

昨天中午，终于约定时间来体验“8 点法”。于是，在住宿楼后面找了一个安静的角落，用了大约 30 分钟的时间，感受“8 点法”的神奇。

他是某企业老总，去年年底，一位主管离职，近 3 个月了，他还没找到合适的新主管，他为此焦虑烦躁。

随着我的引导，他的焦虑值不断降低，一直说“我的心平和多了”。最后，我加入了意义储留法，奇迹发生了。

短短 30 分钟，他的焦虑消失了，他的心里充满信心和力量；对公司未来的发展和新主管的条件更加清晰；对当前遇到的问题有了新的解读。

他一再向我鞠躬致谢，我也很欢喜、欣慰，感恩他给我一个帮助他人的机会，帮助人是喜悦的。

不求回报，只体验帮助人后的喜悦就好。

2018-3-8

改变是艰难的，也是可以做到的

这几天，我一直坚持用左手吃饭，不经意间，总会用右手拿筷子，不由感慨：改变一个人的习性真难。

改变习性，不仅要有觉知，还要能坚持，更要愿意坚持，而后者比前两者更重要。例如用左手吃饭。5 年前，老师就倡导用左手吃饭，我至今还未能熟练地用左手吃饭。为什么？

活动伊始，要求很严，我也改用左手吃饭，还带着大家讨论左手吃饭的好处，但因心里不重视，加上求“快”，就渐渐放弃了左手吃饭。

这次活动，我主动用左手吃饭，就是为了改变习性。发现又用右手吃饭了，就赶紧换过来。亲子关系、夫妻关系的改变也是如此，旧的模式会不经意地出现。

用左手吃了几天，发现很费劲，有个声音就说：“用右手吧，都是吃饭，用右手吃得还快。”此类事情颇为常见。此时，切不可放弃、动摇，一定要坚定信念，明白自己要什么，防止被“心魔”带走。

“左手右手都能吃饭，用右手还吃得快。”这种想法没错，但你要明白，用左手吃饭，不是为了把饭吃完，而是为了改变习性。用哪只手吃饭不是目的，改变才是目的。

各位想改变亲子关系、夫妻关系的朋友，定好目的、找到方法后，一定要坚持练习，不能急于求成。

智者说：“这个世界没有天才，只有练习。”改变是艰难的，也是可以做到的。

2018-3-9

不是事情的大小，而是心中爱的大小

这几年，我一直在为一件事忏悔。

大约 4 年前，光云和群群来我家。离开那天，恰逢下雨，我和陶总开车送她们去车站。在车库门口，群群迟迟没有上车，我下车找她，看见她试图用一根小木棍把水泥地上的一条小蚯蚓弄到草地里去。

当时，我非但没有肯定她的行为，反而大声催她上车，她最终也放弃了“救援行动”。上车后，车里的气氛变得很凝滞。

时间已过去很久，但当时的画面依然很清晰，我也一直在忏悔。

一是因为没有救那条蚯蚓，顶多 5 分钟，就能把它弄到草地里，路上开快些，也不见得肯定赶不上大巴。

二是因为伤害了群群心中的慈悲和爱，我不但没有肯定群群的爱，还伤害了她。

三是因为作为老师，我没做好引领。

我的一位老师说：“不是事情的大小，而是心中爱的大小。”我闻之，更是惭愧至极，愿这份惭愧转化成爱，在生活中处处修正自己。

愿我们都把这个世界当成自己的世界，爱它，保护它。

2018-3-12

只有功劳，没有苦劳

有人说：“我付出那么多，没有功劳，也有苦劳啊！”

老师说：“一个企业家，你能跟市场说，请理解我吧，我做得很辛苦，把机会给我吧……”

我们需要谈论下市场思维、社会思维。市场和社会有理解、有同情，但更强调效果。你晚上没睡觉，可第二天还是无法交出文案，而 8:00 洽谈会即将开始，面对老板的批评，你能说“我没有功劳，也有苦劳”吗？假如这样，估计你离被“炒鱿鱼”也不远了。

有时候，我也常常感慨。义工老师付出了很多，我也实在不忍心批评，可面对学员、课程效果，我能说“对不起，你们将就一下吧，我们已经很辛苦了”吗？学员可以理解我们一次、两次，但不会永远理解。

对两个人而言，也许都是小事，不需要较真，那叫感情思维。在我看来，那更像是孩子思维——我是孩子，我已经做了，效果我不管，你是大人，你得原谅我。

联想到亲子教育，我们的家长对孩子一味理解、包容，未必是好事。近日，我一直在思考一个命题：如何创建适合中国国情的亲子教育理论和实践方法。

“只有功劳，没有苦劳”也许更真实、有效。付出很多，却不用心把事做好，哪来的价值呢？

2018-3-13

丹桂飘香，我不由泪湿眼眶

晨风吹过，留下丝丝丹桂清香。十月中秋，这本不稀奇，我却在刹那间泪湿了眼眶，仿佛被一道电流击过，又仿佛心中的一道锁“啪”的一声解开了。

这种感觉很奇妙。

我出生在丹桂飘香的季节，却一直反感桂花香，觉得香气太浓、太浊，每每闻到，便觉头晕胸闷。我以为，我只是不喜欢闻香罢了。

今日晨之体验，我找到了真实的答案：原来，我是如此地不喜欢自己，甚至不喜欢自己生命来时的花香，我是自卑的。

我一直都是自卑的。即使我是老师眼中的好学生，是学生干部，是三好学生，是能干的职业女性，我依然是自卑的。

因为我不会唱歌，不会跳舞，不会画画，心不灵，手不巧。内心深处，我是如此羡慕灵气的、柔柔的女孩，一如“柔波里的水草”，一如“低头的温柔”。

因为，我身为女孩，却和男孩一样风风火火，不会穿衣打扮，不会化妆，不懂精致，不懂优雅。上初中时，要穿哥哥的旧裤子去学校；上中专时，只能买地摊上的衣服，因为害怕断线，在拥挤的公交上不敢转身……

因为我是个女孩，但父母却喜欢男孩。我像男孩一样劳作生活，怎样做女孩，我不懂。

15 年了，我一直维持着现在的身材，想胖很容易，想瘦却很难。至于为什么，我并不想探究。这两天，我心里时不时会冒出一句话：够了，我够了，可以瘦下来了。在师父的冥想中，我数次感受到身体在缩小。

今晨，在陌生城市的马路边，在一缕秋风和一抹桂花香中，我拥抱了自卑的自己，我趋向完整。

2018-10-8

人生如开车

先生爱开快车，我常常被吓出一身汗。近日，看到一篇文章——《车速的快慢》，很有感触，遂与尔分享。

有人喜欢开快车，有人喜欢开慢车，太快容易出车祸，太慢也不见得就安全。遇到大货车与你并行，鼓起勇气，看准时机，快速通过，比带着恐惧慢慢跟要安全。

人的一生，太快追求功名利禄，往往容易抛锚，欲速则不达；完全没有进取心，别人 6:00 起床用功，你睡到 9:00 才起来，还美其名曰“人生慢慢来”。等你醒过来，黄花菜都凉了，我们也老了。人生当快则快，当慢则慢，不要在本该奋发图强的年纪辜负了生命中最好的光阴。

听过这样一句话：什么年纪做什么事，趁我们还有力气，要快快成长，同时要遵守人生的交通规则。

什么是人生的交通规则？守好本分，才能既快又安全。切不可急功近利，更不可坑蒙拐骗、违法乱纪。否则，超车过后，前方等着你的可能是车祸。

2018-10-26

读《雷锋日记》有感

唱着《学习雷锋好榜样》长大，却不知道雷锋到底是一个什么样的人，只知道雷锋是一个做好事的人。为什么说他是伟大的无产阶级战士？为什么号召一代又一代人学习雷锋精神？我并不了解。

当我在 50 岁的年龄细细品读《雷锋日记》时，我只能用一句话来形容自己的感受，那就是“我很惭愧”。

雷锋 22 岁牺牲，不是因为与敌人的战斗，而是因为日常工作中的偶然事件，但毛主席却号召全党全军乃至全国人民学习雷锋。

从《雷锋日记》中，我读到了雷锋的“七心”。

1

雷锋有一颗真诚感恩的心。

童年时期，雷锋的哥哥和弟弟被日本人杀死，爸爸和爷爷被地主逼死，妈妈自杀，他 7 岁就成了孤儿。

中国共产党把他从苦难的深渊中救了出来，并且培养他成才，雷锋心怀感恩，也时刻准备着为党和人民献出自己的一切。

我们现在的美好生活从哪里来？很多人会回答：是革命先辈用生命和鲜血换来的，但是，我们真正感恩过先辈吗？我很惭愧。

在惭愧之余，我也从心灵深处升起感恩，感恩无数先辈英烈，感恩伟大的党，感恩伟大的祖国，感恩自己生在和平年代，感恩所有为祖国奉献付出的人。

2018-12-13

2

雷锋有一颗无私无我的心。

三年困难时期，能吃饱是幸福的，有 1 斤苹果更是奢侈的。1961 年春节，雷锋领到连部发的 1 斤苹果，可他怎么也舍不得吃，最后用心爱的手绢包起来，送给了住院的伤病员。

半年后，雷锋当选为抚顺市人大代表，又分到 1 斤苹果，他写道：自己好了，不能忘记为人民负了伤的阶级兄弟。于是，他又把苹果给了住在卫生连的伤病员同志。

他写道：虽然没吃着，但是心里比吃了这斤苹果还要甜十分。在工作中，他把自己的午餐让给没带饭的战友：我虽饿一点，让他吃饱，这是我最大的快乐。

深夜 11:00，突然下起了雨。他看见工地上放着 1200 包水泥，便脱下衣服盖在水泥上，并号召 20 多个小伙子组成抢救水泥的突击队，硬是把 1200 包水泥从雨中抢了回来。

1959 年，雷锋在鞍钢工作，领导让他带 3 个学员学开推土机，后来学员给他 36 元钱，他就是不要。他写道：我学的技术是党培养的，今天告诉别人是应该的。雷锋时刻记得他是人民的子弟兵，把爱护人民和人民的财产当作自己的责任和义务。

因此，雷锋让座、让钱、让名、让利都是自然而然的，因为别人的困难就是他的困难，别人的幸福就是他的幸福。

反观自己，能做到日复一日地把最好、最重要的东西让给别人吗？

我很惭愧。与雷锋相比，我是自私的、计较的。我们为什么总是感到失望，因为我们总是期待别人的回报和肯定。

雷锋说：一滴水只有放进大海里才永远不会干涸，一个人只有在把自己和集体事业融合在一起的时候才最有力量。

雷锋 19 岁悟到的道理，我 47 岁才悟到。

2018-12-14

3

雷锋有一颗奉献服务的心。

雷锋到哪里，就奉献服务到哪里。“雷锋出差一千里，好事做了一火车。”今日细细读来，实觉雷锋平凡中的伟大。做一次好事容易，走到哪里就把好事做到哪里，真的难能可贵。

回想自己在列车上的行为，能成全别人换个位子，就是好人了；能把洗手台擦一擦，就更是好人了；能插个耳机看视频，就算有公德心了；能把座位还给人家，就算无私了；能等服务员忙完再照顾自己，就算有境界了；能不把垃圾扔到地上，就算有素质了。

反观雷锋，把座位让给老大娘，找一把扫帚打扫车厢，接着又擦玻璃和车厢，而后给旅客倒水，把自己的手套让给寒冷的老人，自己的手却冻得像针扎一样疼……

我们会这样做吗？即使会，也是打了折扣的，能打对折已经很不错了。

因此，我很惭愧。

“人的生命是有限的，可是为人民服务是无限的；我要把有限的生命投入到无限的为人民服务中去。”

我终于明白，为什么说雷锋是伟大的无产阶级战士了。

老师说：我来到这个世界，就是为了奉献这个世界，引领这个世界。希望自己也能奉献这个世界，温暖这个世界。

2018-12-15

4

雷锋有一颗积极学习并不断实践的心。

雷锋在做好事的同时，还积极地挤时间读书：早起晚睡，饭前饭后挤一点，行军路上想着点，外出开会抓紧点，节假日多学点。

雷锋认真学习了《毛泽东选集》一至四卷，懂得了怎样做人，为谁活着——“我觉得自己活着，就是为了使别人过得更美好”。

除了学习，雷锋还坚持写日记，把学到的、悟到的记录下来，并在日常生活中加以实践。

在日常生活中，雷锋以优秀共青团员、共产党员的标准要求自己，以英雄人物为榜样提升自己，并帮助战友提升。1962 年 8 月，雷锋在日记中写下了他听到的一段话：“你在任何时候，也不要以为自己什么都知道，不管别人怎样器重你，你都要有勇气对自己说：‘我没有学识！’绝不要陷于骄傲，因为一骄傲，你就会固执起来；因为一骄傲，你就会拒绝别人的忠告和友谊的帮助，你就会丧失客观方面的准绳。”

这段话在今天听来仍是至理名言。当下，我们更擅长说却忘了做，但是，人的生命状态和能量场是践行出来的，不是说出来的。

2018-12-16

5

雷锋有一颗诗人、作家的心。

假如雷锋活着，他一定是一位诗人，一定是一位作家。1958 年 6 月 7 日，雷锋写道：

“如果你是一滴水，你是否滋润了一寸土地？

如果你是一线阳光，你是否照亮了一分黑暗？

如果你是一颗粮食，你是否哺育了有用的生命？

如果你是一颗最小的螺丝钉，你是否永远坚守在你生活的岗位上？

如果你要告诉我们什么思想，你是否在日夜宣扬那最美丽的理想？

你既然活着，你又是否为未来的人类的生活付出你的劳动，使世界一天天变得更美丽？

我想问你，为未来带来了什么？

在生活的仓库里，我们不应该只是个无穷尽的支付者。”

“青春啊！永远是美好的，可是真正的青春，只属于这些永远力争上游的人，永远忘我劳动的人，永远谦虚的人。”

写下如此优美文字的人，其内心必然是美好、善良的。雷锋充满了诗人的浪漫和革命乐观主义情怀，虽然只有初中文凭，文笔却富有感染力，使一个活泼的生命跃然纸上。

《雷锋日记》里不但有雷锋的日记，还有雷锋的演讲稿、散文、书信、诗歌、小说，字里行间透着雷锋的才华和思想，透着一个鲜活生命的喜怒哀乐。

2018-12-17

6

雷锋有一颗积极乐观的心。

近日，对“乐观”这两个字特别有感触。

在《浮生六记》中，沈复一生对妻子情有独钟、宠爱有加，但陈芸却始终郁郁寡欢、心思多虑，最终遭公婆嫌弃，被赶出家门。

假如陈芸能从幼年失去父亲的悲痛中走出来，豁达、乐观一些，断不会中年早逝，抛下幼小儿女。

怨恨恼怒烦，悲欢离合生死愁，哪一样都避不开，我们到底要以怎样的姿态活着？

雷锋的童年充满了痛苦、哀伤，物质的匮乏和艰苦程度远超我们的想象，但从雷锋的日记中却读不到忧郁和绝望。

其质朴的文字透着欢快、知足和奋发向上的气息。

“三月间，一个晴朗的日子，姑娘们你伴我，我叫她，成群结队地奔上山岗，到处寻找各种野菜。她们是多么的快乐啊！

她们每个人都像飞出笼的鸟儿，嘻嘻哈哈地说说笑笑、打打闹闹，唱着自己编的山歌儿。”

明明是到山上挖野菜充饥，在雷锋的笔下，却充满了生命的活泼、灵动和朝气。

以怎样的姿态活着最好？乐观地活着最好。向雷锋同志学习！

2018-12-18

7

雷锋有一颗舍生取义的心。

读《雷锋日记》，常常被雷锋舍生取义的心感动。

雷锋时刻都在准备着，一旦祖国和人民需要，他随时可以献出一切，包括生命。在摘录的 163 篇日记中，有 22 处提到“愿意为人类的解放事业——共产主义而献出自己的一切”（语言表达不一样，但意义相同）。

因为有“把命也交给共产党、交给毛主席、交给共产主义”的崇高革命情怀，雷锋同志做好事时没有挂碍、没有私心，虚心接受批评并改正错误。

雷锋是精神的丰碑，也是平凡的真人。读《雷锋日记》，我感受到的远不止写出来的“七心”，还有雷锋的担当、责任心，以及朴素的阶级情感，等等。

“积小善为大善，善莫大焉。”这和我们党“为人民服务”的宗旨是一致的。学习雷锋精神，就是要把自己的崇高理想、道德品质追求融入日常的工作生活中，做一颗永不生锈的螺丝钉。

这也是我读《雷锋日记》的深刻感受。

2018-12-19

婚姻篇

婚姻是需要经营的

分或者不分，离或者不离

常常接到学员的咨询：老师，我是离还是不离呢？是分还是不分呢？

在“生命一棵树”首届婚姻课上，也呈现了很多案例，有的丈夫有了外遇，依然维持着婚姻。由此，我更加清晰地认识到：婚姻和两性关系没有标准答案，你的需求决定了你的选择。

所以，你一定要明白自己要什么，明确了自己的需求，并据此做出了选择，就要承担相应的后果。例如，压抑、痛苦、愤怒、委屈、独自抚养孩子的经济压力……

实际上，离或者不离，分或者不分，都不是问题，在选择中纠结会耗尽你的能量。

愿所有的朋友都能明白自己的需要，并从痛苦中解脱出来。

2017-4-7

他/她最吸引你的是哪一点?

那天，和一位义工老师一家三口吃饭。妻子站在树底下傻傻地笑，先生在旁边看着。忽然，他对我说：“我就喜欢她这个样子，简单、没有心计。”

那一刻，我心一动。因为我看见了爱。

爱，就是你打心眼里喜欢他身上的某种东西，跟理性的思考无关，跟利益无关，跟别人的评价无关……

亲爱的朋友，你最喜欢他身上的哪一点？

两个人要天长地久，需要彼此吸引。一味用头脑告诉自己应该怎么做，是无法长久的。赶快想一想，他最吸引你的是哪一点？

2017-4-8

女性的尊严

首届智慧婚姻成长营结束有一个星期了，其中一个学员的个案却一直在我心里，促使我再一次认真地思索我在孩提时代接受的女性教育——新时代的女性要自信、自强、自立、自尊、自爱。

若男人无视家庭的存在，无视身边这个女人的感受和尊严，在外面拈花惹草，而女人能够自己养活自己，那女人为什么还要委曲求全、忍气吞声地坚守婚姻？

婚姻的意义是什么？我们想从婚姻中得到什么？

没有尊严的婚姻是无法幸福的。我一直不赞成离婚，但也告诉大家不要惧怕离婚。

2017-4-10

婚姻中的“铁丝”

小区花园里有一棵迎客松，上面捆满了铁丝，让人见了心生难受。

有一对夫妻，妻子能干好强，比丈夫挣得多，人也长得漂亮；丈夫老实憨厚，只是普通的职员。因此，女人觉得自己是这个家庭的“功臣”，家中的人和事都必须听她的安排。时间久了，女人却越来越委屈。

因为丈夫和孩子都不听她的，丈夫甚至提出离婚。

由树及人，谁又愿意被捆绑呢？想操控对方最终总会被反操控。

2017-4-11

婚姻的真相

男大当婚，女大当嫁。婚姻的好处很多，但伤害也处处存在。

新婚燕尔，本应你侬我侬，情意绵绵，但背叛也许已经产生；以为找到了归宿，便以身相许，结果对方却只是逢场作戏；更有痴情女子舍尽钱财，帮爱人渡过难关，转身钱财却进了他人腰包……

道不尽人间万象，说不完婚姻种种，真是假作真时真亦假，真作假时假亦真。

婚姻的真相到底是什么？心中时时觉得对方有外遇，对方一定有外遇吗？也许未必。

2017-4-12

男人有时也会被冤枉

一位来访者反复咨询：老师，我总觉得我老公外面有人，我怎么办？

若是一般闺蜜听闻，大约会从蛛丝马迹开始分析，然后制定若干办法，并开始实行。事实果真如此吗？

随着个案的深入，你会看到一些无法想象的情况。

女人年少时，其父亲在外面有了女人，这令她对男人失去了信任，心中还有无法排遣的恨。

结婚之后丈夫对她很好，但复仇的种子已在她心里生根。同时，她也想证明，自己离开男人一样可以活得很好。

那么，以什么样的理由离开男人呢？丈夫在外面有个女人是很好的理由，于是便开始编造戏码：他外面有人。

男人有时也会被冤枉。

2017-4-13

忍

在我看来，婚姻中的忍有三种。

第一种是忍气吞声，即隐忍。隐忍的背后是怨气、病气、浊气、烦恼气，更是一种不甘：“我都这么忍了，你还想怎样？”

隐忍是一种有条件的期待，一段时间之后，也许是更大的爆发。

第二种是坚毅忍耐，即坚忍。这样的忍耐是一种大力量。昨晚看《朗读者》，从中了解了我国动车焊接专家潘老的婚姻。

潘老把毕生精力献给了祖国的动车事业，3 个孩子和老父亲全靠潘老的妻子一人照顾。这样的忍耐是夫妻同甘共苦、共生一体的大力量。

第三种是智慧解脱，即容忍。容忍的背后是知晓缘起，是在过程中改变观念、修正行为。

2017-4-16

有用和无用

老师曾经问过一个问题：“香蕉皮有用吗？”答：“无用。”

老师又问：“无用，为什么把香蕉皮卖给我？”再答：“有用。”

老师再问：“那我吃完香蕉，把皮卖给你，你要不要？”

在婚姻中，夫和妻就像香蕉和香蕉皮，香蕉肉在，香蕉皮有用，香蕉肉不在，香蕉皮一点用都没有。

婚姻里的两个人是一个整体，一荣俱荣，一损俱损，哪能简单地说“你一点用都没有”呢？

2017-4-20

整体与个体

婚姻中的两个人是一个整体，同时又是两个个体。两个人来自不同的原生家庭，有不同的成长环境，接受不同的教育，有不同的思想实属正常。如果你不小心选了一个和你差别很大的人，请记住：他是他，你是你。

什么时候是整体？什么时候是个体？

在他人面前想数落他时，记得贬他等于贬自己；在渴望他如你所愿时，记得他是独立的个体。

一如孝敬公婆时，要将他们视作自己的父母；当你渴望公婆对你好时，要记得他们只是公婆而已。

如此，方能天下太平。

2017-4-21

第 2 届智慧婚姻成长营的启示

第 2 届智慧婚姻成长营圆满结束。

踏上回家的路，平静而略有疲惫。回忆课程中的点点滴滴，心中的感动渐渐弥漫……

感恩义工老师给了我一份意外的感动。当义工老师请先生为我朗读情书时，我的大脑有些懵，有些空白。

年近五十，情书离我有点遥远，玫瑰也似乎与我无关。

到了这个年纪，先生的情书写了什么已经不重要了，但义工老师的用心却给我和先生留下了真实美好的记忆。

若干年后，当我们回忆婚姻时，心中便多了一些温馨、柔美和红尘烟火。

愿天下所有的夫妻都能温暖彼此疲惫的心灵。

2017-4-23

从迷茫到觉醒

整理书架，偶然翻到一张 10 年前我和陶总在上海东方明珠前的合影。10年前的我们比现在年轻，却也比现在迷茫。

看着照片发呆，回忆 10 年来的风风雨雨，心里多了一份慈悲和包容。照片中两人的眼神告诉我：10 年前，我们都是迷茫的。因为两人都是迷茫的，婚姻中出现状况，不能完全怪一个人。

在婚姻课程中，当我引导大家思考婚姻的意义、价值时，很多朋友只给出了一个答案。

假如我们自己都不知道自己想要什么，那么婚姻不太幸福，就不能全怪对方，这就好比我们坐上出租车，却没有告诉司机要去哪里。

从迷茫到觉醒，只有一条路：坚持学习。

2017-4-24

愿婚姻因我而美丽

推开窗，天高云淡，满眼翠绿，微风清凉，鸟鸣声和汽车喇叭声此起彼伏，间或传来街头的嘈杂声，还有特别应景的鞭炮声。

屋里，先生还在酣睡，伴随着轻轻的打鼾声。这是一个真实的世界。

红尘世界，平凡男女，聚在一起走人生的路，无论是怎样的缘，都不容易。

下楼，煮一锅小米粥，备一碟小菜。

一起在墙角的花坛里种下昨晚买的兰花；吸尘器的声音响起，先生开始打扫房间；我将儿子的换季衣裳丢进洗衣机里。

车库的门开了，一天就这样开始了，平凡而真实，恬静而安详。

愿天下的夫妻都幸福美满，相互包容，彼此呵护！愿婚姻因我而美丽。

2017-4-25

婚姻问答

问：老师，我们的婚姻已处在破裂的边缘，我到底要不要离婚？

答：要不要离婚，我没有资格代替你决定，你要自己做出最终的选择。同时，我觉得在离婚之前要做三件事。

第一件是疗愈自己，释放被卡住的负面能量，包括委屈、愤怒、伤心、纠结等。

第二件是收回有可能存在的父母需求的投射。

第三件是重新看待婚姻和伴侣，创造一些共同经历，然后平心静气地沟通。

做完这三件事，如果依然觉得非离婚不可，那也应和平分开，并安排好孩子的养育问题。

2017-6-18

女人应该是美丽的

1

刚刚在早餐店看见一个女人，不禁感慨：女人应该是美丽的！

大家也许很好奇，是什么样的女子让我如此感慨？美和丑虽说是相对的，但终究是有各自的特性的。

话说眼前这位，身材壮实如牛，一件拖地暗花长裙罩着肥实的身板，露出肥厚的后颈背；头发烫过，枯黄而蓬松，随意扎着的马尾耷拉在胖胖的脖子上；脸色晦暗沉闷，不见一丝笑意……

旁边的男人则清秀很多，在张罗早餐。

深呼吸，告诉自己：我是个女人。身材相貌虽然是爹妈给的，但气质是可以自己做主的。虽做不到精雕细琢，但要干净整洁。

俗话说：“相由心生。”让世界因我而美丽。共勉！

2017-7-5

2

因为做了心灵导师，无意间阅人无数，深感没有两个人是完全一样的。

由此，女人的美当各不相同。

牡丹的华丽，海棠的温暖，玫瑰的热烈，紫罗兰的安静，莲花的恬静，杜鹃的娇艳，真是道不尽的千姿百态。

记忆中挥之不去的却是之前见到的一株不知名的小花——没有人赞美，没有人关注，却悄然开放。

让我记忆犹新的还有从玉溪去抚仙湖途中见到的浓烈惊艳的三角梅。

从此，那妩媚却不娇柔的玫红便在心里生了根。而我大约是这两种美的融合。

穿上家居服，洗衣、买菜、做饭，生活本来就是这样。这时，要允许自己像三角梅一样，蓦然间爆发出生命的张力，惊艳美丽！使人眼前一亮："哇！好美呀！"如此，我鲜活了我的生命。

2017-7-6

且行且珍惜

人生没有标准答案

下午，被微信朋友圈的一个标题吸引，大意是“文科高考状元把母亲赶出了家门”。我以为是一则故事，点进去发现是一部电影。因为好奇，我看完了这部影片。

看罢，我心情沉重。我无法评判相关人物所做的是错还是对，包括将妈妈赶出家门。每个人活得都不容易，都有善良的一面。可成为一家人后却一地鸡毛、狼狈不堪，甚至有些不堪回首。

影片中，一个乡下男人，大学毕业后娶了城里相貌姣好、能干、泼辣的女人，有一个聪明乖巧的儿子。他也在国营大厂坐上了厂办主任的位置。

故事从他们要搬新居开始。厂里给这个男人分了一套两居室，女人斜挎着背包，和搬家工人讨价还价，男主人想给工人买瓶水、发支烟，女人一把抢过，骂骂咧咧：“烟不要钱啊，水不要钱啊，他们坐地要价你不说话，现在来发烟!”

工人嘲笑他，在外面是干部，回家都没他们过得舒服。男人阴沉着脸。

女人做一桌菜，庆祝搬新居。男人却开始睡沙发，要离婚。男人渐渐不再回家，直到有一天与一个年轻女人去开了房。女人尾随其后报了警。

男人丢了主任的位置，在家里更是抬不起头，女人挖苦嘲讽。乡下老母亲来投奔儿子，女人冷言冷语，老母亲离家出走。男人苦闷至极，去找“她”倾诉，得知了自己当年被抓的真相。回到厂里，得知自己第一批被下岗，理由是作风有问题。

男人失魂落魄，跳了长江。对他来说，生活是苦的，在家里没有尊重、没有温暖，连母亲来了都做不了主。爱上一个不该爱的女人，还因此丢了工作，痛苦之下，他选择了一了百了。

女人又何尝幸福呢？男人对她没有热情，婚姻有名无实。目睹他移情别恋，愤怒屈辱之下报警，挖苦他也在情理之中。男人没了，孩子和老人还得养，于是，她靠挑扁担养活全家，她说：“我不会让家散的。”

为了孩子，她什么苦都能吃，自己如此艰难，还拿出 1000 元帮人救急。这样一个善良、坚韧的女人，却遭到孩子和婆婆的恨。

祖孙俩认定，是她害他们失去了儿子和父亲。实际上，自从男人走后，儿子就对她关上了心门。

就这样熬到儿子高考，得知儿子是高考状元时，她以为自己终于熬出了头，可等来的却是儿子要和她断绝母子关系。

如果女人多一些慈悲和祥和，男人多一些担当和洞察，那么，他们是否可以相互支持，活好这一生？

人生没有标准答案，唯有珍惜。

2017-9-7

黄了，我心里暗喜

“黄了，我心里暗喜。”什么黄了让人心里暗喜？答案是恋爱相亲。

我们的计划和行动常常不一致。

一位漂亮的女生，穿着得体的裙子，盘起的长发显得她优雅知性。她站起来分享：“老师，我现在所处的就是你讲的这种情况。”

“我讲了什么？”“好的婚姻关系的前提是双方与各自的父母有好的连接。从推开母亲到推开爱人，我可以避免再次受伤害。”

“我就是这样的，从小看爸爸妈妈为了鸡毛蒜皮的事情吵架。爸爸总说，当初我就不应该成家。所以，每次感情或恋情结束，其实我心里都会暗喜。”

孩子表面上支持弱势一方，暗地里却忠诚于被指责的一方，用这样的方式保证父母都在她的生命里。

2017-9-16

离婚了，就不要再说他不好了

从五台山归来，和一位老同学吃饭。席间，她一直抱怨她老公，我问：“那么，你们现在怎么样？”

她回答说：“去年已经离了。”我再问：“为什么离了？”

她答：“跟他这种人讲不通的，我叫他不要出去买东西，他非要出去买东西。出去买东西，把一个人撞了，要赔三四十万元。不过，最后只赔了几千元钱。”

我很疑惑：“只赔了几千元钱，然后离了？”

“不是，那天他跟我要一万元，我不给。其实，我是拿得出来的，可我不高兴拿，我让他自己出去借，他就拿菜刀架我脖子上逼我，我受不了，就离婚了。”

旁边，老同学的闺蜜不断地添油加醋。看来，我有事情要做了。今天这餐饭也许能给她带来不一样的思维。

我放下筷子，认真地问：“你想怎么样？”

“还能怎么样？他这种人！你看，前两天和女儿一起去杭州租房，又大吵一架。”

“你希望女儿跟你一样吗？”

“当然不希望。”

“你既然不希望女儿和你一样，这样无休止地抱怨她爸爸，说他不好，对女儿有什么好处？”老同学开始流泪，妈妈对孩子的爱是最真的。

我趁热打铁。

“老实告诉我，你心里想离婚几年了？”

“10多年了。”

“当刀架在你脖子上的刹那，你反而轻松了一些，是吗？”

“有一点。”

“终于可以理直气壮地离婚了，即便离了婚，婆家人还都说你好，是吗？”

“是的，我婆婆说我好。他结婚前对我很好，什么活都做，工资卡也交给我，结婚后就变了，工作也没了，又迷上了赌博。”

“可你是否想过，一个有工作、什么都干的人，为什么变成了今天这个样子呢？你真的没有责任吗？”

老同学沉默了。

我继续。

“婚姻里，从来没有完全无辜的一方。现在既然已经离婚一年半了，你已经得到了你要的结果，他也受到了惩罚，没有工作，没有住处，没有家。你就不要再抱怨和纠结了。为了孩子的未来，你也要停止说他不好。”

她不断擦眼泪。希望今天我所说的这些能带给她一些不同的思维。

2017-9-24

孩子都不想结婚了，你还吵吗?

在微信朋友圈看到《孩子都不愿结婚了，父母却还在争吵》一文，深表认可，我也想问：孩子都不想结婚了，你还吵吗？

父母都希望孩子的婚姻美满。

要实现这一愿望，父母首先要做好示范。

没有感受过家庭幸福的孩子是没有能力经营幸福和谐的婚姻的，因为他没见过幸福和谐的婚姻是什么样子的。如同我们若没有见过大海，就无从感受海的辽阔；若没有见过冰，就无从感受冰的意境。

父母大半辈子都生活在物资匮乏的年代，很多夫妻为了生存而结成共同体，即使吵闹，婚姻也依然牢固。

但是，这样的婚姻也失去了更高的意境和意义。

如今的孩子不需要为了生存而缔结婚姻，他们对婚姻的期待和要求也更高。他们不想要父辈那样的婚姻，却又不知道要什么，或者不知道如何实现自己想要的婚姻。

在论坛现场，一位女士站起来提问：有什么办法可以降低婚姻带给孩子的伤害？在我看来，哪怕选择离婚，在离婚前也要努力一把。问题的关键在于如何努力。

2017-10-7

夫妻就像两根筷子

两根筷子在一起才有用，一旦分开就没用了。

两根筷子在一起叫一双筷子，夹菜吃饭，价值可以发挥到极致。分开之后，虽然还叫筷子，但已经失去了筷子的功能。

夫妻关系像极了筷子，两个互不相干的人，因为种种因缘成为夫妻，成了一双筷子。

当下，遇到一些问题，有些人就想丢了眼前这根筷子，去找远方的另一根筷子，却没有考虑这些问题：另一根筷子是否和你这根同材质、同款式，用起来是否顺手？两根小竹子，先成为筷子，再成为一双筷子，朝夕相处，一日三餐，同甘共苦，早已相熟默契。一旦分开，再去找另一根匹配的筷子，并非易事。

2018-3-11

亲子篇

用肯定唤醒孩子内在的爱与自信

每个孩子的内心都有善的种子，只是需要启发而已。

当孩子内在的爱与自信被启发之后，孩子就会感受到自在喜悦，感受到自己是有价值的。读书这件事便自然变得愉悦和欢喜了。关键是我们父母除了担心、焦虑，对如何肯定孩子懂得很少，对肯定自己就懂得更少了。

因此，孩子和我们都在苦海中挣扎。

各位亲爱的爸爸妈妈，肯定孩子需要学习。就从当下开始，就从重复孩子的一句话开始，学习肯定孩子、肯定自己如何？

我在这里陪你，当你看完我的分享，你就已经走在成为智慧父母的路上了，我相信，你是你的孩子最好的亲子导师。

2016-12-5

妈妈，请您看见我

我们姊妹三个，我年龄最大。

您说："你是姐姐，你要懂事。"我记住了您的这句话，于是，处处让着妹妹们，抢着干活，抢着承担，只是心里有个渴望：妈妈，我也是您的孩子，请您看见我，看见我的懂事，看见我的委屈，看见我的承担，看见我的渴望，渴望您爱我多一点点。

可是，您的眼里似乎永远只有妹妹们，别人说："你家老大真是懂事。"您说："我家老二、老三也懂事。"

妈妈，您知道吗，我听见您的回答有多伤心，多委屈。

妈妈，妈妈，我只是为了让您看见我啊！

2016-12-6

树，被浇死的

一棵树苗，自打种入土壤，必须被浇水施肥，才能茁壮成长，我们常如是想。

家有盆栽树两棵，树叶渐渐枯萎。于是我摘下两片半绿半枯的叶子去向农民伯伯请教。

老伯漫不经心地看一眼叶子后问："哪里的？"我答："盆栽的。"接着我问："买什么药？"

老伯再答："没用的。"

我不死心地再问："那怎么办？不是枯叶病吗？"老伯简明扼要地给出4个字："水浇死的。"

我无奈地拿着两片半绿半枯的叶子怏怏而返。

种树如此，育人呢？爱孩子当然需要，只是若过头了呢？

我们怕树干死常常浇水，殊不知，有些树恰恰不是干死的，是被浇死的！各位爸爸妈妈，你家的树，是不是也浇过了头？

2016-12-7

沙发和孩子

搬家时，买了一套浅色布艺沙发，很漂亮，先生和我都喜欢。

过了大约一年，沙发的靠背开始变黑，很是难看。试了各种喷剂，想弄干净，结果原有的污垢没去除，还增加了其他颜色。

先生极爱干净，打算换沙发，我却觉得换了可惜。

某天，我无意中将大块坐垫翻起，蓦然发现坐垫底下的拉链，便迅速动手将沙发彻底翻起。半小时后，沙发套已在阳光下呼吸。

晚上，坐在焕然一新的沙发上，不由感慨：之所以不知道怎么办，是因为我们不懂沙发。

同理，我们不知道怎么处理孩子的问题，不也是因为我们不懂孩子吗？

2016-12-10

烂木头和根雕

去公司的路上，有一个根雕店。

店面很小，甚至有些脏乱，里面放着一大堆带着泥土的木头根，枝丫横七竖八地乱搭着。

旁边的茶几上却又摆着漂亮的根雕。

我常常感慨：在我们家，这几根烂木头恐怕只能拿来当柴火烧。在这里，它们却被雕刻成精美的艺术品，价值倍增，这都得益于根雕师的慧眼。

继而想起我们的孩子。因父母缺少慧眼，本来可以雕刻成艺术品的孩子被当成了烂木头。

家长与其抱怨自己的孩子是烂木头，不如练就一双雕刻师的慧眼。

2016-12-13

我们为什么对自家孩子没耐性

常常有爸爸、妈妈对我说：老师，我对别人家的孩子还挺有耐性的，但回家看见自己的孩子，脾气一下子就上来了。

怎么回事呢？因为我们对孩子的爱并不像我们认为的那样无条件。恰恰相反，在很多时候，这份爱是有条件的。例如，你要听话，你成绩要好……

如果孩子达不到父母的要求，父母的期待就会落空，父母当然容易发脾气。对别人家的孩子没有这份期待，当然就不会失望，又怎么会发火呢？

2016-12-24

可怜天下父母心

儿女是父母身上掉下的一块肉。掉下这块肉，女人升级成为妈妈，也就没了那份洒脱和豪迈，无非是怕“自己做得不够好，不是一个好妈妈”。

一个“怕”字，无边的挂碍，生出多少怯弱和委屈！怕来怕去，最后，没了做父母的底气和智慧。要知道，父母毫无理由的底气，也是孩子自信的来源。

发火不算功夫，不紧不慢、胸有成竹，才是真功夫！

各位亲爱的妈妈，与其担心孩子一生饿肚子，不如教他如何才能不饿肚子，哪怕今天会饿肚子。

“儿子，妈妈是你坚强的后盾，不是你软弱的拐杖。儿子，你要适应自己照顾自己，妈妈不能为你买一辈子手抓饼，总有一天，你要自己下车去买。”

要知道，平静而中等的声音最有力量。

2017-1-8

如何培养孩子的自信

事件：孩子与爸爸兴高采烈地聊天，孩子说那个画画很好的人是她的同学。妈妈听后心里很不爽，立刻反问：“这个人什么时候成为你同学了？！”（这是妈妈认识的一个人的女儿，比孩子高几届。）孩子听妈妈这么说很不开心，对爸爸说：“妈妈又在指责我了。”

妈妈当时之所以这样说，是因为觉得孩子比较虚荣。事后，妈妈也有些后悔。面对这种情况，该怎么做呢？

李平老师答疑：透过现象看本质。

孩子喜欢跟优秀的人套近乎，营造与其关系紧密的氛围，也许是孩子的自我价值感不够，父母要做的是帮助孩子建立自信，而不是当面揭穿她。家长要看到孩子渴望优秀的愿望，祝福孩子成为像那个同学一样的人。等爸爸不在时，再和孩子谈一谈：妈妈知道你跟她不是同学，妈妈很想知道，你为什么愿意和她成为同学，你是不是也想像她一样优秀？

当着爸爸的面表扬孩子，爸爸不在时再认真探讨，不要轻易给孩子贴上虚荣的标签。

同时，还要及时疏导孩子：

每个人都有每个人的特点，你也有你的特点，有别人没有的优点，妈妈不会因为别人某些方面比你优秀就不爱你。你要做的不是跟别人比较，而是把自己最好的一面呈现出来。

2017-1-9

我有资格失败

“老师，我是一个特长生。可是，我现在越来越不想比赛了，比不好，父母会失望。”

“孩子，你允许自己失败吗？”“不允许。”孩子默默留下泪水。

“你愿意让自己更有力量去迎接未来吗？”“愿意！”

“好，跟着我一起说‘我深深地接受和爱我自己，即使我失败了’。”

…………

孩子最后说出：“我有资格失败，我可以重新开始。失败是我的朋友，它提醒我下一次要做得更好。”

我欣慰地笑了，为自己可以支持这个孩子，为这个孩子有了新的认识。

2017-1-18

不要开小差啊

“不要开小差啊，不要开小差啊！”这句话来自第7届少年特训营的一位学员。

“我看书时，妈妈经常走过来指着我说：‘不要开小差啊。’过一会儿再过来一次，说：‘不要开小差啊。’过一会儿又过来说：‘不要玩手机啊。’我说我在查资料，我妈说：‘哦，查资料啊。’然后走了。”

“我知道妈妈是爱我的，但是，本来没有开小差，她一来反而开小差了。”各位爸爸妈妈，你们悟到什么了呢？

我们的大脑只接受正面指令，当我们反复说“不要开小差，不要开小差”时，脑子里全在开小差。

2017-1-20

从分数中醒来吧，妈妈

讲个今晚发生的真实故事。

今晚，我带着孩子们感谢父母养育之恩。结束后，有孩子打电话给妈妈：“妈妈，我爱你！”

妈妈竟然回答：“你知道你这次考试是班里的第几名吗？最后一名噢！”

孩子的心情立刻从高峰跌到谷底，烦躁地回到我这里，说：“老师，我是以最后一名进入直升班的。”这是多么让人开心的事，怎么就成了焦虑了呢？

孩子已经连续4年寒暑假排满补习课了，妈妈还说他不努力。请问，到底要怎样才算努力呢？

醒来吧，妈妈，从对分数的执着中醒来吧！

2017-1-21

万分感谢

到家已深夜 11 点，打开手机，看到家长、孩子的分享，旅途的疲劳消失大半。

第7届少年特训营广州站今天上午圆满结营。回忆过去的5天5夜，除了感恩，还是感恩。23位义工老师，起早摸黑，陪伴近80位孩子蜕变成长。

课外组的义工老师每天为孩子准备不重样的饭菜；安保组的老师每天叫早和查房；课内组的义工老师把场地布置得大气又温馨……

孩子们回房间后，义工老师还要接着忙碌，查房的查房，准备物资的准备物资，开会总结的开会总结，更别说开营前将近4个月的筹备了。

心中的感恩无法用语言一一道出，唯有化作感谢。

希望 2017 年“生命一棵树”的所有活动都能圆满举办，让更多家庭的孩子受益。

2017-1-22

妈妈，相信我

少年特训营广州站活动结束后，我收到一个孩子的微信。

“老师，向您请教个问题。很多事，我自己有能力做，可是我妈就是担心我做不了、做不好，不让我自己做，所有事都要插手，要怎么跟妈妈沟通，才能使她放心让我自己做一件事呢？”

各位亲爱的妈妈，孩子怎样跟您沟通，您才会放手让他经历和成长呢？

假如孩子失败了，您还爱他吗？事情也许失败了，但孩子经历了成长过程中该有的挫折，积累了经验，下一次可以做得更好，您愿意吗？如果我们不放手，孩子何时才能补上这一课呢？

谨记，有一种爱，叫放手。

2017-1-23

手机成瘾路

邮电路，一家夫妻面馆。

等面上桌的过程中，眼睛无意识地在店里转转，店老板的孩子渐渐吸引了我的注意。

小男孩大约七八岁光景，胖乎乎的，招人喜欢。他正专注于面前的 iPad，并不知道我正专注地看着他。男孩偶尔吃一口面，也舍不得将眼睛挪开。孩子的爸爸妈妈在店里忙碌，孩子自己看动画片，乍一看似乎相安无事。我心中却泛起了涟漪：3 年后，这孩子会是什么样的？是否会像特训营中的小胖，时时抱着 iPad？又是否会沉迷于此无法自拔？父母是否会焦虑、失望？是否会责怪、控制孩子？

是否会出现这些问题，我无法预测。可我又似乎看见，一个手机成瘾的孩子在重复走无数个孩子走过的路！

亲爱的爸爸、妈妈，我们这么辛苦忙碌到底为了什么？今天牺牲陪孩子长大的时间，明天又无助地看着孩子流泪，我们到底要什么？

2017-1-25

在网络时代做父母

1

在网络时代，做父母是一件极具挑战的事。

此前，父母能保证一家老小的吃穿用度，孩子就知足且安乐了。

在网络时代，不但吃穿用度上了一个台阶，父母还遇到了一个前所未有的难题：如何和电子“海洛因”斗智斗勇？

早上，一位家长留言：“老师，在假期里，儿子几乎每天都是手机、iPad、电脑、电视循环播放，中间也会抽空写作业。我基本能管住嘴巴不去说他，但心里还是不高兴的，我是否可以任由他这样度过假期？以他写作业的进度，假期作业是不容易完成的。”

一般妈妈的回答：“当然不可以。”

亲子导师的回答：“任何事情总有 3 种以上的解决方法，想想怎么办？”我想，可以和孩子做个谈判。谈判前，先问自己几个问题：我想要的最好结果是什么？我能接受他每天玩多久？用什么样的方式监督他完成？如果他超过了规定时间，我们用怎样的约定对治？怎样和孩子谈判？怎样避免说教和一言堂？

2017-1-26

2

在第 7 届少年特训营里，有个孩子提问："所有的问题，难道都是因为手机吗？孩子更多的是受父母的影响啊！"

是啊，所有的问题都是因为手机吗？

今天，和儿子一起外出，顺便跟儿子讨论："孩子玩手机，妈妈到底要不要管？"

儿子答："有两种可能。第一，让时间来回答。我也玩手机，现在不也好好的吗？第二，不玩手机，你让现在的孩子干什么？如果我有 3 个小时的空闲，不玩手机，看书、做作业吗？如果我今天已经做了 3 个小时作业了，我实在做不进去了呢？出去玩，父母担心不安全；在家，除了做作业，还能干什么呢？所以，爸爸、妈妈要培养孩子的兴趣，如果不花时间，就不可能有好收成。例如，我喜欢打篮球，那有个培养的过程。又如，父母从来不看书，我却一天除了睡觉都得看书，是看不进去的。"

儿子的回答有点老妈的风范，我问："哪儿学的？"答："广播里听的。"

是啊，不想让他玩手机，我们想让他干什么？只看书、写作业，任何人做起来都有难度。

2017-1-27

3

在第 7 届少年特训营里，还有个孩子说，光讨论手机太狭窄了，应该扩大到电子产品。所以，此处"玩手机"泛指网络时代之电子产品。

网络时代，不让孩子接触手机是不可能的，与其谈手机"色变"，不如接受这一现实并加以疏导。

孩子沉迷于网络，通常会折射出家庭问题：

有些家长习惯批判和限制孩子，孩子没有自由选择的权利。

孩子没有机会运用所学知识，不能在实践中学习，没有经历失败及总结经验和教训的机会，也不知道对自己的行为负责。

日子久了，孩子什么事都不能处理，只会对被约束、被否定更加厌烦，还会产生负面情绪和无力感，不知道接下来该做什么。

孩子需要肯定，父母不提供机会，又不能脱离这个环境，上网或打电子游戏成为唯一能证明其能力且是他自己能操控的事。

2017-1-30

4

解决“玩手机”问题，需要从源头入手——重建家庭关系。

第一步：创造彼此说话的可能。

不要把焦点放在问题上，而要放在建立彼此交流的可能性上。如果一见面就骂，孩子不愿意见你，就根本没办法进行有效的沟通。

第二步：谈内心的感受，进行良好的沟通。

很多家长一开口就谈上网，这相当于将孩子推开了。

家长要和孩子谈内心的感受，谈和上网完全没关系的事。家长经常和孩子谈感受，慢慢地，孩子就会愿意和家长交流。和孩子真正建立良好的沟通关系后，家长才有可能就“玩手机”问题做一些事。

第三步：进行有效的沟通。

从孩子的感受入手了解“孩子为什么爱玩手机”，是想释放压力还是想获得肯定？是想独处一段时间还是想交到朋友？无论孩子说什么，我们都要表现出愿意倾听他想法的态度，并适时给予支持和鼓励。“先跟后带”，学会有效沟通。

第四步：制订行动计划。

家长可以和孩子讨论未来，明确每一个阶段的目标，并引导孩子制订行动计划。

在此过程中，家长要避免否定孩子，首先要让孩子起步，然后再慢慢修正。

2017-2-1

5

网络时代的父母需要懂一点心理学基本知识。

1. 建立自我，接受个人局限和优缺点，认识并肯定自己的能力。只有这样，父母才能对孩子加以引导。

2. 鼓励孩子，带领孩子参加需要体力的团体活动，如打球、军训、野战游戏、拓展训练等。帮助孩子区分真实世界与虚拟世界，为孩子情绪的释放提供多种途径。

3. 要有发展的眼光，从人生规划的角度看孩子现在的行为。

父母和孩子在斗智斗勇中一起成长。

2017-2-2

6

网络时代的父母要理解以下各点：

1. 不让孩子玩手机、电脑、iPad是不可能的，接受并正视、引导才是出路。

2. 孩子看手机不一定是在玩游戏，父母一看见孩子拿手机就有情绪，是自己害怕孩子输掉未来。

3. 手机不是影响孩子成才的唯一因素，不能把账全部记在手机上。

4. 孩子迷恋手机只是“果”，要解决问题，还要回到“因”上。

5. 解决孩子“玩手机”问题，父母要用实际行动予以疏导，不能光凭嘴巴讲。

在理解了以上各点后，父母应该怎么做呢？

1. 接受孩子玩手机的现实，调整自己的心态，以平常心看待。

2. 找孩子聊聊游戏，补一补游戏基本知识，和孩子一起玩他最喜欢的一款游戏。

3. 从游戏中的人物入手，和孩子建立共同话题。

4. 与孩子协商，并制定玩手机的规则，双方都要遵守。

祝福天下的父母、孩子都健康、喜乐、吉祥、平安！

2017-2-4

亲子关系感悟（一）

长大的儿子

从莱芜“智慧教师成长营”归来在家的日子，恰逢儿子也在家。

我想做点好吃的给儿子补补，儿子也赖着不回杭州，说吃两餐好吃的再走。

今天下午，我催着儿子动身，我是想让他避开晚高峰，他却嘟哝了一句：“赶我走啊！”我看到了儿子心里的依恋。

他从初中开始住校，除了星期六、星期日回出租房，也就寒暑假能待在家里。2012 年，我开始做义工，寒暑假几乎都奉献给了冬、夏令营，现在的节假日几乎全给了“生命一棵树”。儿子曾经开玩笑地说：“妈妈，我见你还得预约呢。”

我忽然想到，儿子可能也在用他的方式吸引我的关注，包括不断换工作。

儿子终于下楼去开车了，走到车库，他说：“妈妈，身体健康最要紧，不要太累了。你全年都很疲劳，注意休息啊！”

大大咧咧的儿子说出这样的话，刹那间，我竟不知如何回应，只是叮嘱其路上小心开车，工作要脚踏实地。

儿子已经长大，我放心了。

2017-6-3

做父母连接的效果

有些人过于理性，做什么事都要有科学依据，包括与父母的连接。

一位看上去自信、阳光的女性来找我。

“李平老师，我很想知道我和财富的关系怎么样？”“怎么啦？”我问。

“不知道为什么，我也不是缺钱，可总是要很辛苦才可以得到它。”“噢，当你这样告诉我的时候，你有什么画面和念头冒出来吗？”

“我在很小的时候，看见父母赚钱很辛苦。”她开始哭泣，一边哭一边叙说。

“你将辛苦的方式和妈妈连接在一起，表达对妈妈的爱，同时自己也辛苦赚钱，以便感同身受，是吗？”

“是的，老师，妈妈很爱我。虽然赚钱很辛苦，但给我买的东西都是最好的，我在辛苦里感受到了妈妈对我的爱。”

说到这里，她已经泣不成声。接下来，我的工作变得很容易，只是引导她看见爱，同时超越爱的局限，活出自己的人生。

差不多半小时之后，她开心极了，觉得财富就在身边。这感觉当然很美。

2017-6-30

什么是孩子的事

问：“对待孩子时，什么是自己的事，什么是他人的事？例如，孩子玩游戏，我不让他玩是我的事，他不听我的是他的事，是吗？他人的事要尊重，所以，我只有接受和尊重，是吗？”

答：“孩子和父母的关系是一种特殊的关系。从生命本身来说，孩子是一个独立的生命个体，同时也是一个需要引领长大的生命。所以，18 岁之前的孩子有个特殊的身份——未成年人，而父母是他的监护人。”

作为监护人，教育孩子本来就是你的事。你不让孩子玩游戏，孩子不听，是你们共同要面对的事。

如何和孩子有效地沟通，如何帮助孩子看到未来，如何帮助孩子创造未来，是父母要面对的课题，也是要和孩子一起面对的事。

2017-7-1

养育孩子不容易

1

看着一个又一个家长带着孩子来求助，看着孩子或漠然、或害怕、或倔强、或拘谨的模样，再看看旁边无助的家长，我不禁感慨：养育孩子真不容易。

我们可以指责父母不懂教育、不懂爱、不懂如何成长，但是，我们不能要求每一个家长都是优秀的亲子导师，包括我们的爸爸、妈妈。我出生时，物质资源匮乏，父母要养育 9 个孩子，你要让他们来做疗愈？将心比心，活着不容易，做父母不容易，养育孩子也不容易。

2017-7-8

2

这几天，一则网络新闻让很多人唏嘘不已。

7 月 3 日，一个 2 岁的小女孩在长沙某小区坠楼身亡。起因是一个 5 岁的男孩将小女孩抱进电梯，把电梯按到了顶楼，小女孩从顶楼阳台处坠落身亡。我们很难去评判孩子的过失和责任。今天，我看到一篇题为《熊孩子和杀人犯之间隔着家长而已》的文章，对此深有同感。

面对一个5岁的孩子，很多人把矛头指向了小区物业，可我依然想从小男孩的行为轨迹出发谈一谈父母的成长。孩子是在模仿中长大的。孩子首先模仿的是父母的言行举止。一个5岁的孩子做出这样的行为，为人父母者一定要扪心自问：我们平时做了什么，使得孩子有今天的行为？做父母的都希望孩子有出息，希望孩子健康成长。但是，在“希望”和“成真”之间，父母要有所为有所不为，无条件接纳不等于放弃界限和原则。

2017-7-9

3

现在的孩子不是没人爱，而是没人告诉他界限和原则，没人告诉他哪些事可以做、哪些事不可以做。我们太过集中地把目光放在了孩子的成绩上，忽略了成绩和学习并非单一的正比关系。

3岁是孩子“自我概念”发展的重要时期。明确界限和原则，就像是在给孩子划定安全区域——遵守界限是安全的、踏实的，不会被爸爸妈妈批评。但在“爱的名义”下，面对孩子没有界限的行为，我们总是原谅和包容，总是期待孩子长大了就自动明白了。为人父母，要让孩子知道，很多事有界限和原则，触碰底线的事不可以做。

孩子不一定要完全听话，但在行为习惯养成阶段，要听话照做。养育孩子不容易，做父母得有两把刷子，还得是能与时俱进的两把刷子。

2017-7-10

4

有学员问：怎样做到无条件接纳，同时不放弃界限和原则？

答：首先，无条件接纳指父母完全尊重孩子，把孩子视作全新的生命个体，一个新的生命有属于自己的人生，我接纳。

其次，无条件接纳指孩子在成长的过程中会犯错，作为父母，因为爱孩子而全然接纳。

最后，无条件接纳也意味着父母全然尊重自己的生命。因为孩子身体里流淌着自己的血液，因此孩子的不完美与我有关，我全然接纳。

怎样做到同时不放弃界限和原则？首先我们要明白，“无条件接纳”更多的是指父母的心态，在行为层面，我们必须教给孩子什么是界限和原则。这也是无条件接纳的一部分：为了帮助孩子成长为“能自己照顾自己，同时能带给世界正面影响的人”，我情愿承受来自孩子的一时的抱怨，承受对孩子的心疼与不舍……

还有一点很重要，父母自己要明白哪些是界限和原则，以身作则做好示范引领，不希望孩子做的，自己也不做。

2017-7-11

5

前两天，看倪萍主持的节目《等着我》，其中一个求助者的故事再一次让我感受到“生命一棵树”的意义。

两位八十几岁的老教授步履蹒跚、面容憔悴，求助寻找离家 23 年的儿子。

与其他求助者不同的是，他的儿子是在大学毕业之后，主动与父母脱离关系的。

23 年前，妈妈给儿子发了无数条短信，都没有得到回应，直到微信的出现，妈妈发现自己的微信发不出去，才明白儿子已将老两口拉入了黑名单。听年近九旬的老父亲艰难地向不知道在哪里的儿子说出“对不起，我错了”时，我的心是揪着的。舒冬用近 10 个小时的时间和儿子沟通，儿子依然不肯原谅父母，并且质问：“我这么多年的损失谁来赔？”我看见了一个执拗的、身陷创伤中的小孩。虽然他现在已 47 岁，虽然他从名牌大学毕业，但因为被包裹在创伤中，他的心智无法成熟：拼了一生反抗，情愿用一生为代价；自己比别人差，认为是父母害的，要父母赔偿；不知道父母已白发苍苍，还充满了委屈、愤怒、倔强。与其你一生为他好，他却不领情，不如早早放手，让他经历他该经历的，他反而会懂得感恩。

2017-7-12

6

继续昨天的故事。

23 年前，当留下两封信和父母断绝关系时，这个孩子也远离了“根”的呵护。当父亲两只手扶着拐杖，艰难地说出“对不起”时，我心里一震，这孩子的状况能好吗？让一个生你、养你、把你培养成大学生的老父亲向你道歉，请问：他错在哪里？也许你会回答：他控制我，不懂得爱我。父亲控制你，是因为他觉得这样可以让你成才，在我看来，23 年的思念和悔恨已是对他们最无情的报复了。老两口怕出现意外回不去，参加节目前特意立下遗嘱，希望儿子能接受遗嘱，可儿子却断然拒绝。用父母给的生命和父母较劲，老天一定会让你吃苦头。共勉！

2017-7-13

7

在云南峨山“根的力量”全国公益行现场，一位妈妈怯怯地问我：“老师，我可不可以请我的儿子也过来听课？”“为什么是请？他是你儿子，他几岁了？”“高一。”我不知道这对母子如何相处，但我为这位妈妈感到心痛。一个生养了儿子的母亲竟用怯怯的表情问“可不可以请儿子来听课”。

曾几何时，爸爸、妈妈对孩子开始小心翼翼，生怕得罪了孩子，生怕孩子发脾气，生怕孩子叛逆离家出走，生怕孩子……

亲爱的孩子，你是否知道，父母所有的怕都是因为怕你受委屈，怕失去你。

愿天下的孩子懂得父母的心和爱。

2017-7-14

8

在云南峨山“根的力量”全国公益行现场，一位爸爸带着两个女儿来参加课程，渴望通过课程改善姐姐和妹妹的关系。姐姐 10 岁左右，妹妹大约 6 岁，两个孩子总是闹别扭，爸爸很苦恼。爸爸试着跟姐姐解释：“你小时候，家里条件没现在好，所以常常把你放在奶奶家。现在家里条件好一些，我们就多些时间陪妹妹啊！”可姐妹之间闹别扭的状况似乎没有改善。

每个孩子都渴望得到父母的爱，爸爸、妈妈本来关心姐姐一个人，忽然妹妹来了，姐姐会觉得爱被抢走了，本能地要抢回来。这时，如果爸爸、妈妈对姐姐说“孩子，你和妹妹都是爸爸、妈妈的孩子，爸爸、妈妈可以同时爱你们两个”，结果便会有很大的不同。如果爸爸、妈妈能有意识地教育妹妹尊重姐姐，同时邀请姐姐和爸爸、妈妈一起照顾妹妹，情况就会向更好的方面发展。

养育孩子不容易，多孩子的家庭，父母要多掌握一些育儿技巧。

2017-7-15

9

在第 4 届智慧婚姻成长营现场，有位妈妈问：“女儿 3 岁的时候，我去外地上了 2 年学，现在女儿 27 岁了，依然很黏我怎么办？”

还有妈妈问：“当年我们离婚，给孩子造成了伤害，现在总想弥补，可孩子很排斥我，怎么办？”

现代亲子教育倡导父母陪伴孩子成长，因为各种原因错过孩子成长的家长常常心怀愧疚，从而对孩子过度顺从，以致孩子常常觉得父母应当听从自己。

实际上，内疚是削弱父母力量的负能量之一。父母一旦失去做父母的力量，孩子会更加无所适从。

所有的选择和决定在当时都是最佳的，父母无须内疚。即使孩子受点苦，这也是他作为你的孩子要付出的代价。

2017-7-16

10

一个清纯可爱的女孩提了一个问题：“我怎样才能找到爱我的男朋友？也许是因为我从小在父母的宠爱中长大，谈了两个男朋友，却总觉得他们对我不够好，我都觉得我找不到男朋友了。”

怎样才能找到爱自己的男朋友？对于这个女孩来讲，首先要明白爸爸和男朋友的区别。爸爸的爱和男朋友的爱是不同的，一种叫父爱，另一种叫爱情；一种血脉相连，另一种可以说断就断。男朋友无论怎样努力，也代替不了父亲的爱。如果用父亲对自己的宠爱去衡量男朋友的爱，恐怕一辈子都找不到合适的男朋友。

亲子关系最终指向的是分离。女儿离开父亲成为女人，才能真正接纳另一个男人。

2017-7-17

11

一个22岁的“男孩”坐在地上听课。“他”有着典型的男孩发型，穿着黑色的T恤，我也自然地喊着：“这个男孩起立。”旁边的大人马上说：“老师，她是女孩。”我不禁一愣：这个女孩从外形到气质都像男孩。

偶然的机会，我和她交谈起来。“为什么把自己打扮成男孩的样子？”“我奶奶希望有个孙子。我是个女孩，妈妈老受别人欺负，我要争气，我可以做得比男孩还要好。”

这也使女孩渐渐忘记了自己的性别，不知不觉活成了男孩的样子。

重男轻女的观念使多少女孩潜意识里不接受自己的性别。

养育孩子不容易。请父母真心接受自己的孩子，无论男孩还是女孩。

2017-7-18

少年特训营里的故事

1

第9届少年特训营广州站。

一个孩子在义工老师的怀里无助地哭泣："妈妈和奶奶关系不好，家里的氛围总是很压抑。奶奶不想我跟妈妈好，也不想我跟外婆好，说我跟妈妈好就是不喜欢她。"

一个孩子趴在义工老师的肩膀上哭泣："为什么要长大？我想交个朋友，可为什么总是要我先改变？"

一个孩子来到这个世界，从小到大，确实会遇到很多坎坷，但是，蜕变是一个艰难的过程，需要父母有足够的耐心和智慧。

"孩子，看着奶奶，试着说：'奶奶，你和妈妈、外婆都是我的长辈，我没有资格评判你们，你们之间的恩怨我没有资格管，请允许我单纯地做个孩子，我用这样的方式孝敬您，好吗？'"

"孩子，你渴望有个朋友能理解你，和你说知心话，是吗？""是的，可为什么总是要我改变？""每个人都是从改变自己开始的，包括我。因为我们改变不了别人啊。”

希望每一个孩子都能解决成长过程中的困扰，带着欢喜和力量回家。

2017-7-26

2

父母给了我生命，因此，我与父母的关系最为紧密，是“铁三角”的关系。

我和父母的“铁三角”关系不会因为父母的分开、离去而改变。

本次智慧少年营以这样的方式拉开了“生命连接”的课程序幕。

“孩子啊，亲爱的孩子，你是我生下来的宝贝，我怎么会不爱你？妈妈爱你，爸爸爱你，我们对你唯一的期待就是希望你超过我们，过得比我们好啊——宝贝。”

“爸爸妈妈，我爱你们，如果我做错了，请你们原谅我！爸爸妈妈，其实，我也不想让你们失望，可是你们越骂我，我越不想学啊。”哭泣的声音此起彼伏。

希望这眼泪可以洗去孩子心里的灰尘，让他看见父母的爱和无奈，甚至恐惧。与此同时，父母也要和孩子同步成长、改变。

2017-7-28

3

在地狱中有一口大锅，众人围着大锅吃饭，他们手上都拿着长长的筷子，可无论他们怎样努力，都无法将食物放到自己嘴里，他们个个愁眉苦脸。

后来，其中一人将筷子夹着的食物送进了对面人的嘴里，这样一来，人人饱食，个个开心。瞬间，众人进入了天堂。

今天，我试着引领孩子们去体验地狱和天堂。

“我要，我要，求求你，给我，求求你，给我。”“不给。”

求的孩子不舒服，被求的孩子说“不给”……

“给你。”“老师，我喂你。”

一双双筷子夹起葡萄、豆子、薯片，送进同伴的嘴里，一同夹起的还有孩子们的心。“给你喜悦，给你笑脸，给你财富，给你包容……”

“孩子们，你们愿意做要的人，还是给的人？”“做给的人！”

愿天下所有的孩子都是富裕给予的人，愿天下的父母都是愿意付出、帮助他人的人。

2017-7-29

4

人生路上，功名利禄，我们总说我不想要这些？可你想要什么呢？“我不知道。”来咨询的家长茫然地看着我。

大人尚且如此，更不要说孩子了。今天，我想引导孩子，让他们明白自己想要什么。

生命一棵树·价值大拍卖就这样开始了！

爱情、友情、亲情、健康、美食、权利、自由、爱心、金钱、良心、孝心、诚信、智慧、梦想、慈善家名望……

当24个标的物出现在台上时，当10万元本金发到孩子的手上时，当拍卖师敲下第一锤喊出“成交”时，孩子们沉浸在欢乐的海洋里。

一个个标的物被拍走，可孩子们出手似乎都很理性，我甚至引导他们：“不要东西没了，钱还在哦。”

义工老师告诉我，我们组已经筹了100多万元了，要出手拍梦想！我恍然大悟，原来孩子们早有打算。

当“智慧”“梦想”“孝心”都以超过100万元的价格被拍走时，我当即决定：将标的物做成纪念卡片，让孩子们带回家。

我让孩子们尽可能写下自己要的东西，然后一点一点地抽丝剥茧，让孩子们看到自己最想要的东西。

我是幸福的，因为我看见了自己生命的价值。祝福每一个孩子都知道自己要什么，并且努力实现愿望。

2017-7-30

5

转眼，少年特训营广州站活动已接近尾声。

在过去的5天5夜里，我们一起欢笑，一起流泪，一起体验和成长，今天我们即将分离，踏上新的人生旅程。

在人生漫长的旅程中，5天也许只是一瞬间，但是，它带来的改变也许会影响人很久，甚至一生。

今天，我将带领孩子们完成一个仪式，一个告别过去、遇见未来的仪式。

点起一盏心灯，亮起一面镜子，轻轻蒙上孩子的双眼，在祝福声中走向镜子。

睁开眼睛，静静地看着镜子中的自己，或许流泪，或许平静，或许微笑……每个孩子会和过去的自己告别，并写下对自己未来的寄语：

“我会成为最好的自己。”

“我对未来充满信心。”

“我会考上心仪的学校。”

“我要成为父母的骄傲。”

…………

2017-7-31

亲子关系感悟（二）

我痛故我思

坐在电脑前，脑海里闪过一个又一个孩子的面孔。有新来的，也有熟悉的，看着他们，千种滋味涌上心头。

中午在餐厅，遇见一对母子。妈妈憔悴无助，孩子无动于衷。他们昨晚半夜到达营地，孩子死活不进会场，义工老师去了一拨又一拨，孩子索性用棉被将头捂住，不再理人。

我习惯性地打量孩子：他已经 15 岁了，可看起来像一个八九岁的孩子，只顾低头玩手机。妈妈趴在我的肩头哭泣，像一个委屈的孩子，可我又能帮她什么呢？

下午，我将他们的故事讲给孩子们听，问他们怎么办？

有孩子答：这不都是父母的报应吗？父母是孩子的第一任老师，他变成现在这样，不都是父母的错吗？

我让这个孩子起立，让他做那个孩子的父母。他说：如果这是我的孩子，我绝对不会管他了。

我又让他做那个父母不管的孩子。他说不好受，并表示将来不会让他的孩子这样。

哪个父母愿意让自己的孩子这样呢？

可是，偏偏有那么多孩子成了“生锈的机器人”，成了冷漠的看客或者嬉皮笑脸的假人。

作为母亲，我很心痛；作为亲子导师，我苦苦思索。

2017-8-6

曙光在前头

开完义工总结会回到房间，开始今天的最后一项功课，写下今天的分享。

回忆一天的课程，我印象最深的是什么呢？

1. 多和大自然连接。如何保持自己的正能量？方法之一就是到大自然中去，吸收宇宙的精华。今天，我的能量就是从带着孩子们仰头瞭望天空，喊出“我来了”时开始转化的。

2. 下午和晚上，孩子们井喷式地要求做个案。从孩子们的表现可以看出，每个人都渴望自己活得更好。

我让孩子们在未来和过去中做选择，所有孩子都选择了未来。孩子们也想活得更好，只是他们需要支持罢了。

3. 每个孩子的成长进程都是不同的，有的快一些，有的慢一些。孩子的爸爸、妈妈、义工老师和我都要对其多一份信任。

愿更多的孩子通过个案打开心扉，释放压力，建设美好的明天。

2017-8-7

孩子，我是你的缘

很想分享这两个男孩的故事。

草坪的角落，坐着一个大男孩，正在低头玩手机。

我走过去问："不进去吗？"他答："无聊。"

我继续问："是活动的内容，还是跟小孩子一起，让你觉得无聊？"他答："就是那位老师，她不好好说话！"

我继续问："她说什么了让你觉得她不好好说话？"

经过沟通，他开开心心进去拍了集体照。晚上，他和另一个男孩来找我："我们很想揍人！"

我答："好，你们可以揍，但保证对方安全。"

之所以答应他们，是因为我知道，疗愈他们的机会来了。

果然，一场"混战"之后，两个男孩开始跟他们讨厌的人和那位老师对话。转化也由此开始。

如我所料，两个男孩把对妈妈的烦躁投射在了义工老师身上。清理了这些积累的"垃圾"之后，两个孩子绽放出灿烂的笑容。第二天，其中一个男孩跑过来问："老师，下一次，我可以来做义工吗？"没有什么比这句话更让人欣慰了。

两个男孩的变化让人如此欢喜。

多少次累得想停下来，可是看见这些孩子的变化，又觉得辛苦也值得。100 多个孩子，100 多种性格，参加少年特训营的往往又是有个性的小孩，要方方面面的筹备，还要和家长沟通，办一次活动真的不容易。

希望来的孩子都能把握生命里的缘。

2017-8-8

正确认识你的孩子

何去何从

何去何从？今天，这个问题一直在脑子里萦绕。

这些孩子到底该去哪里？这样的管教真能解决问题吗？观看纪录片《镜子》之后，我就一直心有疑虑。这次特训营见到两个去过军事化管理学校的孩子，我更是陷入了担忧。

据这两个孩子描述：不听话，关黑屋子5天，还会被抓回来打，如果不服从，延长在校时间。

一个7岁前由爷爷奶奶带大的孩子，内心非常渴望父母的爱，终于回到父母的身边。但同时，他要忍受和爷爷奶奶分离的焦虑，还要适应新环境，孩子在学校里出现的各种情绪、问题都只是孩子索要爱的方式。若父母不懂孩子的诉求，还不断地讲道理，孩子只会越来越逆反、厌学。面对这种情况，父母最有效的做法是认同孩子的情绪，给孩子足够的爱。

2017-8-9

爸爸、妈妈，请说说孩子的好吧

今天下午做“天龙八部”的练习。我反复引导孩子：在过去的成长经历中，你生命中两个重要的人，跟你说了怎样的话，使你有了信心和力量。很多孩子脱口而出的是以下这些：

“你这个没良心的！”

“我怎么养了你这个笨蛋！”

“你丢不丢人？”

“你有钱吗？”

“你去死好了！”

…………

有的孩子列举了 8 个生命中重要的人，父母却不在其列。

有的孩子做完后心里堵得慌，有的孩子感觉烦躁，因为他们以前没听过给自己信心和力量的话。自己编了几句，又不是滋味。

有的孩子脑子里一片空白，完全想不起父母说过什么让自己充满信心和力量的话。当我抱住他们的时候，他们情不自禁地流下了眼泪。

曾经有个妈妈和我分享她的孩子的一句话：“妈妈，你若说我好，母猪也会上树。”

推动人往前走的力量有两种，一种是爱，一种是恐惧。父母的肯定带给孩子的是爱，否定、谩骂则会给孩子带来恐惧。

爸爸、妈妈，请多鼓励孩子吧，孩子需要你的认可和接纳。当然，这种鼓励应该是实事求是的，而不是虚无的夸奖。

2017-8-10

每个孩子都有爱

第 10 届少年特训营结营了。在这一届特训营中，我第一次萌生了这样的念头：我不办了，我为什么要管这些孩子？我不想看见一个个正处在青春期的孩子，却像装在套子里的人，故作很拽，却又受不得一点委屈；拿腔拿调地说话，好像掌握了宇宙的真理；像木头人一样，对任何活动都不感兴趣；捧着手机像捧着稀世珍宝；晚上熬夜时精神，白天上课时昏昏沉沉……

作为一个妈妈，看了气不打一处来，真想一脚踹过去。

可是我不能，因为我是一名亲子导师。

我的使命是寻找这些问题出现的原因，并且帮助他们解决这些问题。我用“8 点法”处理自己的情绪，眼泪慢慢涌上来，这是我自己选择的路啊！当年曾立志：此生除了奉献利他，无路可走！我当即怦然心动，泪眼婆娑。

如今，出现了一些小问题，我就真的不办了吗？

今天上午结营，孩子们的表现又让我感到欣慰幸福。义工老师几天的劳累也一扫而空。一个又一个孩子上来拥抱义工老师，泪眼模糊。

每个孩子都是有爱的孩子。孩子是父母的未来，父母更是孩子的未来，父母、孩子一起改变，改变才是力量。

2017-8-11

失望的能量

明天，第 2 届草原亲子营即将开营。开营前夕，我很想讲一讲“失望”

这两个字。

“你曾经或现在对什么失望过？”我问先生。答：“曾经对父母失望过。”

“失望什么？”

“失望他们没有好好爱我。”

亲爱的朋友，你有过类似的失望吗？每个人的内心似乎都有两张照片，一张是理想，一张是现实。理想的照片色彩鲜亮，主题突出，层次分明；现实的照片灰暗模糊，食之无味，弃之可惜。

理想和现实之间的落差总是这样毫不留情地展现在你面前。理想有多丰满，现实就有多骨感，失望的能量就越不可估量。

在三门峡，有义工老师问我：

“我怎样可以消除对儿子的失望？我已经做了那么久的义工，儿子为什么还没变好？”

“我希望儿子能参加少年营，能按时上课，积极做练习，结识具有正能量的好孩子。”

我答：“你是对自己很失望吧！”

“是的，我希望自己一学习，我的儿子就有很大的变化，立马从学渣逆转成学霸。”

“你对爸爸妈妈失望过吗？”

“我小时候，妈妈太啰嗦，爸爸太节俭，爸爸、妈妈总吵架，还不把自己的健康当回事。”

人特别喜欢给自己的心穿上“马甲”——希望、期待、努力、目标，很多时候，人就在一件又一件漂亮的“马甲”中迷失了自己。

不妨用“8 点法”给自己脱几件“马甲”，平和地接受现实，正确地看待“失望”及其带来的能量。

2017-8-13

孩子也是个平凡人

前不久，读到一篇文章《你的孩子必将平凡》，我大呼写得好。今分享给大家。

儿子小时候，每当他成绩不好时，我都会产生这样的念头：我的儿子怎么可以这样差呢？我的孩子天生就该是成绩好、老师喜欢、人人夸奖的好孩子。

有一次，儿子很认真地对我说："妈妈，你们总说我很聪明，其实我并没有那么聪明。"

大多数父母把希望寄托在孩子身上，希望孩子成为出人头地的社会精英，却不愿承认自己的孩子未来可能只是一个普通人。

受"万般皆下品，唯有读书高"等观念的影响，不管孩子有没有读书的天赋，父母都拼了命地将孩子送到好学校，省吃俭用让孩子上补习班，用尽办法让孩子考出好成绩，似乎全校第一名、第二名预示着金碧辉煌的未来，成绩普通则意味着灰暗的未来。果真如此吗？事实上，你我都是凡人，孩子也是如此，承认自己的孩子终将是个平凡的人，给自己松绑，是对孩子最真实的爱。

在我看来，一个人在平凡的生活和工作中能找到快乐、幸福，才是最最重要的能力。

2017-8-14

一个"景琦式"的孩子

有一个女孩，当我看到她时，我总是想起电视剧《大宅门》中的七爷，想起七爷的娘——二奶奶气急败坏地喊："景琦。"

童年时的景琦，调皮捣蛋，作弄老师，揍扁伙伴，9 岁的时候，差点把家里的仓库点着了。

这个让大人头疼的孩子，却有着其他孩子没有的力量，自然而然成了孩子王。

这样的孩子是成王还是成寇，关键在于大人的引领。

幸运的是，景琦遇见了季先生。

亲子营中的这个女孩仿佛一个女版景琦，无畏无惧：上台表演，声音响亮，绘声绘色，反应奇快，她的“歪理”可以把大人气得哭笑不得。

她把蟑螂放进老师的快递包中，收同学钱，替被揍的同学出气（她解读为行侠仗义）；在妈妈面前，她直说“太弱了”……

我喜欢这样的孩子，她是一块璞玉，能不能被雕成玉石，还要看她的际遇。

若遇到“季先生”，力量用在正道上，她则是一个侠女，未来必成大器；若父母、老师容不得她，进入青春期后，她很可能成为叛逆的女孩。

2017-8-16

不一样的父母，不一样的孩子

1

第2届草原亲子营欢喜结营，我乘坐K712次列车去山东莱芜第11届智慧父母成长营的会场。卧铺车厢内，我对面的一对母子正在泡方便面。男孩告诉我，他5岁了。

这个5岁的男孩给我留下了非常好的印象——安静而有教养。我们到达车厢时，他们正要泡面，但我们的行李挡住了他们去打水的路。

妈妈轻轻地说："等一等。"孩子就安静地等着。后来，面泡好了，孩子说："没有一点味道。"那面看上去确实没有味道。我问他："你喜欢吃什么？"孩子答："喜欢吃肉。"我们恰好带着打包回来的卤菜，我就邀请他吃一点。

孩子却摇摇头，轻轻地说："我不吃，我去餐厅吃点饭吧。"我一再邀请他，他看看妈妈，见妈妈没有同意的意思，就安静地重新吃泡面。

过一会儿，我吃了一根火腿肠（无肉）。孩子非常想吃，我给他，他依然看看妈妈，妈妈说："等卖货车过来，我们买一根。"

孩子就安静地等着。卖货车长时间没有过来，孩子大概又问妈妈要了。妈妈轻轻地说："它一定会过来的，晚上如果不来，明天早上也一定会来。你要学会等待。"我以为孩子会撒娇任性，但是孩子没有任何不高兴，和另一个车厢的小朋友玩耍去了。

在特训营，在各种场合，我们见多了孩子要吃的、玩的，家长不给或迟点给，孩子就撒泼哭闹，家长骂骂咧咧，闹得在场的人都不开心，而这个孩子却是安安静静的。

和这个孩子一起玩的是一个 4 岁的宝宝。他们在餐厅认识，然后孩子就邀请他过来一起玩。床上有一个陀螺，孩子和妈妈说："陀螺会掉的，我要拿好一点的东西给他玩。"

于是，妈妈从床底下拖出箱子。孩子翻出他的宝贝——一辆迷你小汽车（买儿童方便面送的）、两张卡（普通的超市卡和废旧卡）。

两个人玩得不亦乐乎。一会将汽车夹在两张卡中间，意味车子要修理了，于是将汽车盖拆下装上；一会将汽车放进假的嘴巴中，表示自己功能神奇，吃进汽车还能吐出来……

2017-8-21

2

时间就这样不知不觉地过去了，没有手机，没有电子游戏，只有孩子的欢乐和创造力。差不多晚上 9:00，妈妈和孩子从隔壁车厢回来，孩子打算睡觉了。

他自己脱衣服钻进被窝，奶声奶气地说：“我要和妈妈谈会儿话。”

妈妈轻轻地回应：“你想和妈妈谈什么？”孩子答：“妈妈，你小时候玩什么？”妈妈答：“妈妈小时候啊，去你太公公家爬树。”孩子一边听一边不断发问。

我在旁边听着非常愉悦。在机场，在动车上，在餐厅里，我见得更多的是妈妈自己一个手机，孩子一个手机，各玩各的，互不干扰。

这位妈妈则在用身教示范引领。

各位亲爱的爸爸、妈妈，当我们埋怨孩子捣乱、不听话、玩手机、厌学的时候，我们自己在干什么呢？

以前，我只知道某些疾病可以遗传，却不知道情绪和创伤也可以遗传。倘若我们能疗愈伤痛，管理情绪，重言传更重身教，我们的孩子又会怎样呢？

不一样的父母，不一样的孩子。

2017-8-22

这不是你的错

1

父母课已成为一个有故事的园林，记录着我们每天的点点滴滴。

带领大家走在疗愈的路上，越来越感受到大家心里常常出现的愧疚，感受到自卑是如何吞噬生活的信心和智慧的。深陷其中的朋友都在想方设法地寻找原因，却依然无法减轻痛苦。

今天，我想分享的是“家庭创伤”。某些时候，我们体验到的恐惧、害怕不是来自我们自己的经历，可能更多的是来自我们的父母、祖父母甚至是曾祖父母的经历。

科学研究证实，创伤的影响会在代与代之间传递。那个最初经历创伤的人已经不在了，关于他/她的故事也已埋藏多年，但是，关于那件事的片段、记忆和遗留下的身体感知却一直都在。

那么，哪些是家庭创伤事件呢？除了重大历史事件和天灾人祸，一些常见的家庭创伤也影响着普通人。例如，妈妈和孩子早期的亲子中断，包括婴孩长时间住院，妈妈长时间出差，5 岁之前不在父母身边长大，等等。

H 先生一直感到心里很“堵”，哪怕挣下几百万元，也没有喜悦。H 先生为此苦恼不已。

问他什么时候开始出现这种情况，他说从有记忆开始就“堵”。

辅导师开始询问他的家族史，包括父母和兄弟姐妹的状况、工作等。辅导师从中捕捉到一个细节，H先生和爸爸的职业相同。当辅导师将代表了“堵”的象征物放在爸爸脚下时，H 先生感觉到心里的“堵”减轻了。疗愈也从这里开始了。

“爸爸，我尊重您的命运，我没有资格代替您承受，我把属于您的感受带着恭敬交还给您，爸爸，我爱您，我尊敬您。”困扰H先生40多年的“堵”竟然消失了。

不仅某些疾病可以遗传，创伤、情绪感受也会遗传。所以，亲爱的朋友，无须自卑，这不是你的错。

2017-8-23

2

有些时候，我们已经无法清晰地描述我们经历过的伤痛，但有关的感觉、身体的记忆却一直都在。

当我们在生活中遇到类似的情景时，这些感觉就会被唤醒。我们会用重复过去模式的方式提醒自己：还有一件未处理好的事情。

他已经一年多没有睡好觉了，黑眼圈明显，但是，透过他空洞的眼神，我感觉到事情远不止失眠这么简单。

他只有20多岁，看起来却像30多岁。在过去的一年里，他看了3位医生，但失眠并没有好转。

我问他是否知道失眠的原因，他摇了摇头，只是告诉我，从 19 岁生日那天开始，失眠就如影随形。那一晚，他在凌晨醒来，忽然觉得很冷，且一直在发抖，无论做什么都不能让自己暖起来。与此同时，一种陌生的恐惧占据了他的心。这种恐惧他从未体验过，仿佛他一旦睡着了，就再也不会醒来。因此，每次快要睡着时，这种恐惧就会重新把他拉回清醒状态。

我询问他家庭中有谁经历过这种“极冷”的体验。他说他的叔叔在 19 岁那年被冻死了。

叔叔被冻死的事已经过去 30 多年了，他却在无意中体验了叔叔死亡的感觉。当他将这件家族伤痛和自己联系起来时，内心反而坦然了，他忽然知道自己为什么失眠了。疗愈也从这里开始。

如今，他已经摆脱失眠的痛苦。他已经能够将自己从叔叔的死中分离出来，并且找到了从未有过的归属感。

很多时候，我们经历的伤痛不是我们自己的，而是由代际传递而来的。这不是你的错。

2017-8-24

3

我们会通过我们的母亲感受到外祖母的教养模式，通过父亲感受到祖母的教养模式。

我们的父母会将自己所接受的教养模式用到我们身上。

如果爸爸、妈妈对爱的体验是匮乏的，自然难以给予自己孩子爱的体验。

同时，缺乏爱的体验的爸爸妈妈容易陷入焦虑和不安中，会用委屈、抱怨的方式应对生活。

英受胃病折磨已近 40 年。小时候，和爸爸妈妈一起吃饭，爸爸一边吃饭，一边抱怨数落，英连同爸爸的不满、委屈、抱怨一起吃了下去。

最终和爸爸一样，英有了胃病。如今，英已经做了妈妈，已经习惯用胃病索求爱，包括向孩子要爱。

如果我们不能有意识地改变家族固有的教养模式，那么母婴连接中存在的伤害便会一代代传递下去。

2017-8-25

4

我们的生命来自父母，因此，我们与父母的连接是最强的。

无论过去多少年、发生多少事，这份连接都会一直存在。我们以为自己是完全独立的，可以完全按照自己的意愿生活，不过是自己骗自己罢了。

很多时候，我们的计划与实际行动是不一致的。

我们想减肥，却每餐都吃到撑。

我们想要爱情，却张嘴就抱怨、指责，然后又悔得肠子都青了。

我们想要一份好工作，却莫名其妙辞了职。

我们想要孩子健康快乐地长大，却对孩子大吼大叫甚至摔东西。

…………

最让人痛苦和无助的是，我们不知道是什么阻碍了我们的人生。

我们反复思考，但事情并没有改变，那是因为我们一直试图从表面寻找答案，没有触及问题的根源。

我们经由父母获得生命，我们的生命状态自然与“自己和父母的连接”有关。

我们与父母之间的连接是通畅的，我们就可以坦然接纳生命的不美好，因为没人因为你不够好而贬低你。

我们与父母的连接因为某种原因而减弱，甚至中断，我们必然会感到委屈、匮乏、愤怒，感到生命力在减弱。

现在，请你轻轻闭上眼睛，无论你与父母之间发生过什么，都用一分钟去感受与父母的连接。

想象你的父母就在你面前，你的内心是喜悦的还是抗拒的？是希望他们靠近你还是远离你？如果他们靠近你，你的身体是紧绷的还是放松的？你对父母的感觉是一样的吗？你感觉到有爱流向你吗？你愿意接受这份爱吗？

2017-8-26

5

文是美丽的，只是过于哀愁。7 天的课程，她哭了 7 天。看着她越哭越开心，我倒也觉得释然了。

不知道文的妈妈经历过怎样的伤痛，文一直想替妈妈分担。她说：“哥哥姐姐都很有个性，如果我再惹妈妈生气，妈妈会很难过。妈妈也说，如果你也让我伤心，那我就不活了。”

于是，文就近乎讨好一般地想让妈妈高兴。长大后，这样的模式依然存在，只是又多了一个主宰她喜怒哀乐的老公。

可以想象，她在婚姻里承受了多少委屈，又有多少隐忍的愤怒和失望。她认为这样的忍受会减轻妈妈的痛苦，会得到妈妈的肯定。她也认为这样的付出可以获得爱情。殊不知，这只是一种幻想，还会引发更多的不平衡、失望和愤怒。这种模式会让我们的心灵失去自由，让我们一次又一次经历类似的伤痛。

34 岁那年，豆花光了所有积蓄，失业了，妻子又提出离婚，豆陷入深深的绝望之中。

豆的父亲也在 34 岁左右经历了类似的事情。如今，豆开始重复父亲的故事，体验父亲的感受。豆无法理解命运的轮回为什么会这样。

在人体系统中，有一种隐藏的系统动力叫“隶属感”，孩子对自己的父母有最原始的忠诚：我是你们的孩子。

为了证明我是你们的孩子，孩子常常下意识地与父母连接，如文的讨好、豆的认同。

让自己从命运中解脱出来，需要有超越父母和接受父母伤痛的勇气。

虽然你想替父母分担，但有些需要父母自己承担的部分，我们只能交还，这与我们不能代替孩子承受所有的挫折是同样的道理。

如果我们带着同情承担了父母的痛苦，那么这种痛苦会一直延续下去，会阻碍一代又一代生命力的流动。我们应该怀着尊敬做我们能做的部分，哪怕是照料生病的、年老的父母，也是如此。

2017-8-27

有尺度的教育

孩子还是要管的

晨起推开窗，两棵半枯的树映入眼帘，我心疼地大叫："啊呀！两棵树快死了！"

从出去到回家，这趟行程用了整整25天。

原来碧绿的草地成了瘌痢头，两棵翠绿的树叶子黄了一半，我特别喜爱的樟树直接死掉了，屋里的君子兰岌岌可危，3盆兰花草已经干死。

好不容易熬到太阳偏西，陶总开始赤膊上阵，拔除花园里杂草，修剪树枝、草坪，最最重要的是浇水。傍晚时分，心情总算好了一点点。

孩子也如花草树木一样，是要管的，不但要管，还要用心管。在管理生活起居的同时，还要注意其精神世界。

2017-8-29

教育孩子，当勿忘初心

面对襁褓中天真无邪的孩子，你是希望他考试门门优秀，还是要他健康快乐地长大？你想让他出人头地，还是平凡自在地生活？

在父母课程中，在体会了生死之后，几乎所有父母都只要孩子健康快乐就好。这才是绝大多数父母的初心。

如果你忘了初心，把孩子当作和别人比较的筹码，把孩子当作实现自己愿望的工具，把孩子当发泄情绪的出口，甚至是可以摆布的棋子，那么失望、愤怒便会纷至沓来。

很多父母对孩子的成绩耿耿于怀，就是因为私心。

明知道成绩不是通往未来的唯一途径，还是紧盯着成绩不放。到这里，也许有人会问：那就不要成绩，不管孩子了吗？当然不是，要成绩，但不能被成绩弄得鸡犬不宁，更不能因此忘了初心。

2017-8-30

生命的字典里，没有应该

随意翻开一本书，扉页上竟然是自己 5 年前写下的一段话：

那么多教育孩子的宝典，为什么没有效果呢？因为谁都没办法规定孩子以怎样的方式成长。

父母都希望孩子的人生能够超越自己的人生，只是不知道如何引领孩子达到那个境界。大多数父母觉得自己的标准是对的，想把自己的经验强加给孩子，让孩子成长为自己期待的样子。

每次特训营开营，我都会看到两类孩子，一类像“装在套子里”，一类像“踩着风火轮”。“装在套子里”的孩子通常高高瘦瘦的，表情淡漠，耳朵里塞着耳机，跟他说任何话他都波澜不惊；“踩着风火轮”的孩子屁股和脚难得落地 3 分钟，嘴巴难得闭紧 3 分钟。

这两类孩子的父母一般也分为两种类型：一种讲道理，严要求，一直讲到孩子按他说的做为止；一种高嗓门，急脾气，惹急了对着孩子一顿揍。这两类父母看起来不搭界，实则有一个共同点：以“应该”为标准。

“应该”这两个字，就像一根细细的铁丝，绑住了孩子这棵小树的自由。

生命是灵动的。家长要做的不是传授孩子一成不变、必须服从的标准，而是引领孩子感受生命，让孩子展现生命的鲜活、美好。

2017-8-31

教育孩子当讲点精神（一）

如今，一讲到成功，绝大多数人脑子里出现的是物质标准，却忽略了一个事实：成功取决于你是一个什么样的人，而非你所做的事。

老师说：“慈悲、智慧、爱及利他的精神是成功的本体。”我们希望我们的孩子成功快乐，却又不懂得教给孩子成功的本体。不得不承认，如今的家长对孩子的精神教育是匮乏的。

在孩提时代，如果父母能教给我们一些精神法则，那么我们的命运可能会有所不同。在课程中，我常常引导学员做父母连接，回想父母对自己影响深刻的 3 句话。

遗憾的是，绝大部分学员反馈的不是父母对自己的否定和责骂，就是某种带有局限性的信念，很少有精神指引。

因此，我们的内在常常充斥着匮乏感，即使物质生活已经得到满足，我们还是会恐惧、焦虑、迷茫和无助。

家长的行为和情绪比语言更能影响孩子，孩子会观察、模仿父母的一举一动。

如果我们在生活中不断提升、改变自己，并找到更多人生价值和快乐，孩子还会天天沉浸在游戏中消磨时间吗？作为父母，你要告诉孩子："不管怎样，一切皆有可能！"

除了我们自己，没有什么能阻挡我们，因为每个人都拥有无限的潜能。

2017-9-2

教育孩子当讲点精神（二）

老师说：越分享越享。在系统隐藏动力中，有一条法则是"付出和收取的平衡"。我们总是渴望得到财富、健康、爱、关注……而宇宙却是自动平衡的，你付出多少，就会得到多少。因此，成功法则里有一条永远的真理——你想获得什么，就先给予什么。

孩子的天性是喜欢给予的，如果孩子不再给予了，也许他已经开始模仿大人了。

为了培养孩子给予的意识，不妨在家庭中设立每周"给予日"。这一天，每人都要给出一样东西，大家还要一起分享感受。长此以往，家庭中自然会形成给予的能量场。

设立家庭"给予日"，目的在于培养孩子的服务意识，和孩子一起体会给予的美好，因此，给出的礼物不一定价格很高，也不一定非要精心准备，帮忙做家务、一句祝福甚至一个微笑，都可以作为送给其他成员的礼物，但要以尊敬、平等的方式给予。

面对别人的给予，很多人急着想回报。

殊不知，我们要做的不是马上还回去，而是安心接受，并将爱给予更多人，让爱流动起来。

2017-9-5

教育孩子当讲点精神（三）

什么是未来？什么是命运？听过这样一句话：没有命运，只有选择，选择我的念头、语言和行为；命运是一个个选择连接起来的轨迹。

作为父母，首先要明白：我们做出的每个选择都会带来好的或不好的结果。

父母不妨把选择的权利和能力还给孩子，并告诉孩子，每个人都要接受自己的选择所带来的结果，每一个选择都会改变未来。父母不妨鼓励孩子自主做出选择，并耐心聆听孩子做出选择时的感受和为什么会这样选择。

选择本是个体的权利，但在现实中，很多父母习惯于代替孩子做决定，例如，交怎样的朋友，参加什么兴趣班，久而久之，孩子就成了“随便”的孩子。

“今晚你想吃什么？”“随便。”

“今天我们去哪里玩？”“随便。”

“你想读什么专业？”“随便。”

“你喜欢什么样的女孩？”“随便。”

…………

没有家长希望自己的孩子是个“随便”的孩子。那么，就跟孩子谈谈选择，谈谈如何让孩子成为有决策力的小孩。

每一个选择都是一次生命的探索，生命又与感觉紧密相连。所以，选择不需要多有道理，重在遵从内心。

我们还要告诉孩子，选择不能只看眼前的得失，做出选择后也不一定会即刻收到反馈，而是需要耐心等待。同时，我们还要教会孩子尊重别人的选择。

2017-9-8

教育孩子当讲点精神（四）

教育孩子当顺应孩子的天性，不要刻意要求孩子按照自己的意愿行事。

孩子天生喜欢轻松快乐。但很多家长却常常用恐惧和辛苦教育孩子，导致孩子压抑、疲惫，很多孩子长大后甚至不知道怎样轻松地活着。

在我看来，人活着就是要体验生命的丰盈和自在，有饭吃、有衣穿、有房住，精神富足。

父母要尝试感受生命的快乐与美好，上班途中哼一句跑调的歌，一边做家务一边听歌，欣赏镜子里的自己……在这样的环境中长大，孩子自然能感受到生命的丰盈、自在。

2017-9-9

妈妈还是爱我的

1

结束暑假高频率的课程，给自己放半个月的假。

趁着这空当，稍事休息，回了老家。这次是先生主动提出的。坦白讲，我的身体并没有完全从疲劳中恢复过来。但我理解先生的心情，想支持他蜕变成长，于是长途跋涉，踏上回家的路。

一直以来，先生对母亲都有很多抱怨，甚至会不耐烦。每次回老家，都能听见他扯着嗓子和老母亲争辩吵闹，有时会吵到青筋暴起。我一次又一次建议他“接受父母”，但收效甚微。

这次回去，他却有了很大的改变。回去的路上，他就告诉我，这次回去的目标是不向妈妈发火。到了老家，他果然一整天都没发火。

2

我们带着父母去逛了大超市，欢欢喜喜买了衣服、鞋子、日常用品。下午，我们要返回时，老母亲一遍又一遍地问我们在不在家吃晚饭，我们差不多回答了5遍，可老母亲还是一遍一遍地问。先生嫌她烦，差点又顶回去。

临走前，看见屋檐下放着刚摘下的新鲜毛板栗，我顺口说了一句："哇！这么多板栗！"老爸老妈便拿个小凳、带着剪刀去剥毛板栗。我吃了一个，说好吃。他们就装了一塑料袋，我们说够了，妈妈却不停手。

先生一个劲地说："不要了，不要了，够了够了。"

我示意他重新打开袋子，将剥好的板栗悉数装进袋子。我轻轻地说："这装的不是板栗，是你母亲对你的爱。"

3

回到宾馆（路途遥远，途中住宿），先生一边看电视，一边吃着板栗，忽然说："这新鲜板栗还是蛮好吃的。妈妈还是爱我的！"我哈哈大笑，从先生嘴里听见这些话实属难得。

先生听见我大笑，认认真真地说："你别笑，这次我看了妈妈好几眼。""你原来不看？"

"不看，原来我很讨厌看她。不想看！""哦！这次父母课，感知妈妈的感受做了？""做了，所以才想回来看看他们。"

这下，我也不笑了，认认真真地为他点了个赞！晚上吃饭时，为他的改变举杯。

祝福天下的孩子都能感受到父母的爱，都能知恩、感恩、报恩！

2017-9-4

我要拼尽全力——为敲醒沉睡的父母而奋斗

我本不想用“敲醒”这个词，而想用“唤醒”。

但是，我最后还是用了敲醒。为什么？凌晨3点醒来，再无睡意，耳边不断响起家长的哭泣声，脑海里不断浮现出特训营孩子的面孔，不睡也罢！我要拼尽全力，为敲醒沉睡中的父母而奋斗！

亲子教育不仅是我的事业，更是我的使命。我要为孩子发声，身为父母，如果不学习、不成长，就没有资格在孩子面前耀武扬威、指手划脚。

从今日起，生命一棵树·根的力量亲子关系疗愈全国公益行免费开课！

我不知道开课的钱在哪里，但我坚信，一定有人和我一起前行。到底是什么给了我力量？

是孩子！是11届少年特训营的孩子！

我跟这些孩子在一起生活才5天，他们却愿意告诉我心里话；父母和孩子在一起十几年，却听不到孩子一句真实的表达。每当想起孩子们在特训营的变化和回家以后的遭遇，我的心就会异常沉重。

第1届特训营，有两个孩子的父亲离家出走十余年，音讯全无。妈妈承担着生活和精神的双重压力。我给弟弟做个案时，孩子全身虚汗淋漓，双手痉挛，我抱着他慢慢躺下来，他才在哭声中放松下来，渐渐睡着。

姐姐在分享时，眼含热泪，感恩妈妈。可妈妈却眼神空洞，仿佛没有听见，义工老师在后面使劲推她，希望她趁机抱抱孩子。可她却木然地伸出双手，像一具空壳。我不知道爸爸身上发生了什么事，不知道爸爸心里是否还有这两个孩子。

还有一个俊朗帅气的男孩。父母离异，他跟着妈妈生活。妈妈对他特别宠爱，同时也以爱之名控制着他。母子俩一起来参加公益课，妈妈不断上台，做个案、回答问题，儿子却很少说话。

课程结束后，我跟他们恰好乘坐同一趟列车，妈妈依然不停地讲述她的故事。我也终于明白，她做个案、提问，只不过是想倾诉、要肯定，而不是为了成长和改变。

后来，儿子来特训营，妈妈的厉害也浮出水面，和义工老师斗嘴、抱怨，后来，义工老师都害怕接到她的电话了。

课程伊始，孩子谁都不理，总是耷拉着脑袋。我经常有意识地在冥想时抱抱他。渐渐地，孩子脸上有了笑容。虽然他依然凌晨才睡，白天在课堂上也睡觉，我们还是非常开心，希望孩子的妈妈一起来学习。

孩子的妈妈要么说学费贵，要么说没时间，总之就是不来。

大约两年后的一天，孩子的妈妈忽然给我留言：李平老师，你那里要人吗？孩子跟着你吧。他不肯去上学了！我不知道该如何回复她。

到了这个时候，她都不问问我她可以做些什么。想起这个孩子在特训营中的变化，我感到一丝悲哀！若妈妈当年能跟着孩子一起成长，结果是否会不同？

有的父母会问：“为什么责任都是我们的，孩子就没有责任吗？”“有，孩子有责任。”但谁让你们是父母呢？“父母”这个称呼本来就意味着责任和担当。

我们可以骂孩子不争气，骂孩子胡作非为，可这有用吗？亲爱的爸爸、妈妈，不要指责、抱怨，不要委屈、失望，赶快成长起来吧！

阳在爷爷、奶奶身边长大，7 岁才回到父母身边。对幼儿时期与父母分离，现在又要与爷爷、奶奶分离的孩子来说，焦虑、害怕、缺乏安全感都是非常正常的表现。

但父母却不这么认为。为了让孩子成为他们口中的好孩子，他们节衣缩食，不惜借钱把孩子送到军事化管理的培训机构。在反抗就会挨打的境况下，孩子慢慢学乖了——你们怎么说，我就怎么做吧。至于心理感受，孩子不要，也不敢要。亲爱的爸爸、妈妈，这样的结果真是你想要的吗？

如果父母了解孩子的心理发展规律，如果父母能跟孩子做一些有效的沟通，如果父母能觉察到孩子的情绪变化，结果是否会不一样？

“种瓜得瓜，种豆得豆”，与其说孩子是我们的未来，不如说我们的所思、所说、所行造就了孩子的未来。希望所有的孩子都有智慧的父母，希望所有的父母都能跟孩子一起成长。

2017-9-6

亲子关系感悟（三）

为什么学霸也怕进学校

学生："老师，我不知道为什么一到学校就特难受，很害怕，不想走进校门。回家就好了。"

辅导老师："在学校有受到老师或同学不公平的对待吗？或者有遇到其他让你难受的事吗？"

学生："有。"

辅导老师："大概什么时间？"

学生："小学。"

辅导老师："发生了什么？"

学生："同学嘲笑我，老师冤枉我了。"

辅导老师："好，现在我们试着和老师、同学做个对话，好吗？"

学生："好。"

学生："老师，你冤枉我了，我很难受。我对你像对妈妈一样，你冤枉我，我很委屈。”

孩子一边说，一边扑簌扑簌地掉泪。

老师代表：“××，我很喜欢你，你很聪明，我那样做只是为了你好。”

辅导老师：“孩子，你把老师当妈妈一样看待，那么，你将对妈妈才有的委屈也投射在老师那里了，愿意试着收回吗？”

学生：“愿意。”（此处省略辅导收回投射的过程）

辅导老师：“现在对老师还有委屈吗？”

学生：“没有了。”

辅导老师：“现在愿意跟老师说对不起和鞠躬致谢吗？”

学生：“愿意。”（此处省略辅导道歉感恩的过程）

辅导老师：“现在，愿意看看同学吗？”

学生：“不愿意，恶心。当面一套，背后一套。”

辅导老师：“你愿意看看学校吗？”

学生：“愿意。”

学校代表：“可我不愿意。她不愿意看其他同学，我也不愿意看她。”

辅导老师：“××，你有权利选择继续讨厌你的同学，然后也承担结果；同时你也可以选择换个角度看这件事，让自己在学校过得轻松、舒适一些。你选择哪一个？”

学校代表：“××，你文化课学得很好，同时你在学校也许要学习另一门课，就是如何尊重每个同学。”

静默良久，孩子最终选择了走向同学。

学生：“对不起，我没有尊重你们和我的不同。其实，我和你们一样，我也用不同的心态对不同的人。”

同学代表很高兴：“只要你放下清高，我们就都很喜欢你。我们只是嫉妒你。”案主学生和很多同学代表牵手欢笑。这时，学校代表也很高兴地祝福大家。

再次询问孩子时，孩子心中对学校的害怕已经消失了，提起学校很开心。

将以上个案与大家分享的目的，是希望家长看到孩子不肯去学校的原因有很多种，其中将对父母的期待投射在喜爱的老师身上是常见的原因之一。此外，和同学的相处不融洽也是原因之一。“学霸”通常会引起其他同学的嫉妒，若“学霸”不懂得如何尊重其他同学，与同学之间的关系便有可能恶化。同伴关系是孩子在青春期重要的关系，同伴关系不好，孩子心里自然难受。

祝福天下所有的孩子都开心快乐。

2017-9-18

孩子负面行为的正面意义

大人大多讨厌孩子顶嘴，每当孩子顶嘴时，就会觉得自己的尊严被侵犯了。孩子顶嘴这种负面行为背后有没有正面意义呢？我们一起来探讨下吧。

经过父母课学员的讨论，会顶嘴的孩子具有如下一项或几项特征：

（1）反应快，思维敏捷。

（2）有主见，不人云亦云。

（3）表达能力强。

（4）逻辑思维强。

（5）爱表现、自信。

（6）渴望被认可。

（7）敢于捍卫自己的权利。

（8）勇于面对挑战。

（9）敢于面对冲突。

（10）内心强大。

（11）想证明自己的行为和观点。

（12）知识面广。

（13）观察能力强。

（14）判断力强。

（15）不逆来顺受，不委曲求全。

（16）敢于表达自己。

（17）胆子大，有思想。

（18）抗挫折能力强。

通过对孩子的负面行为进行分析，我们应看出其背后所具有的正面意义，从而对孩子进行正面引导，而不是对孩子进行全面否定。

2017-9-25

你不放下孩子是因为你不知道做什么好

1

见了太多带着孩子来上课的家长，我对其中两位家长印象特别深刻。一位是带着儿子的单亲妈妈，一位是带着女儿的单亲妈妈。她们的孩子有个共同的特点就是自理能力、独立性远远比不上同龄孩子。

男孩虽然到了大孩子的年龄，但自理能力、独立性的不足就使他像小小孩子一样，很欢喜地享受着妈妈的照顾，很黏妈妈；女孩已经大学毕业了，但看起来就像个高中生。女孩的妈妈在上课过程中时时想看着孩子，哪怕我规定她们不能坐在一起，妈妈关注的焦点依然在女儿身上。女儿却哭着说：我和别人不一样，别人都是独立的，我却什么都是父母安排好的，可我不想这样！

我认可一篇文章中的观点，即“无为的教育，就是成功地做你自己，然后你的小孩自然变了，变成你理想中的他/她”。

我们把关注焦点完全放在孩子身上，就出现了种种现象：为孩子中高考辞去工作，远离家庭，在学校旁边租房陪读、陪考；为孩子卖掉大房子，一家 5 口挤在学区房蜗居；为孩子报各种培训班，自己拼命打工挣学费；为孩子报天价出国夏令营，自己可能都没出过省城；为孩子买车买房，自己吃咸菜泡饭……

这种种现象的背后都是父母对孩子的爱，只是要问：这样的爱有效果吗？我们爱孩子的目的是什么？这样的爱达到我们要的目的了吗？

2017-9-26

2

父母当然期待，孩子因为自己的付出而感恩，且最终能学业有成。

事实上，学习这件事是需要天赋的，不是每个孩子都能考出高分。

可怕的是，很多家长认识不到这一点，他们常常因为自己付出太多而从情感上“绑架”孩子：我为你做这么多，你就要听我的，考出好成绩，我的付出才有价值，我的心理才平衡，你做不到就是不努力、不用功；我为你付出这么多，你就要听我的，我让你读什么，你就要读什么，我让你干什么，你就要干什么，做不到就是叛逆；我为你付出这么多，我就有资格控制你，包括你的思想，你最好按照我的想法思考、做事，你做不到就是不孝顺。

殊不知，当我们失去自我以后，每当为孩子付出一点，我们都会在潜意识深处充满对回报的期待，期待若落空，我们就会有满腔的失望、愤怒、委屈，这些负能量最大的宣泄口可能是孩子。

可不可以让孩子做孩子要做的部分，家长做家长要做的部分？恕我直言：不放下孩子的家长，是不知道自己要做什么！

担负起自己的未来是自己的事，因为不知道自己要做什么，所以把自己的未来托付给孩子，强加给孩子，让小小的肩膀开始担负我们的期望，而你自己只不过才 30 出头；中国人强调“三十而立”，好像过了 30 岁还没有立业，人生就没希望了一样；到了 40 岁，就应该打打麻将聊聊天过日子了；到了 50 岁，就是遛狗抱孙子了；到了 60 岁就是在家看电视，买菜做饭，做饭买菜……

如果，你知道自己这一生要干点啥，还会把自己后半生的希望寄托在孩子身上吗？还会对自己的未来充满恐惧吗？

醒来吧！亲爱的爸爸妈妈，让自己的生活过得精彩，就是对孩子最好的教育。

2017-9-27

让我们一起改变

昨天，我读到了一个女孩患强迫症 8 年最后自杀的故事。

▶ 反思可以洗涤我们心中的污垢

作为一名亲子导师，我心中的痛不仅仅因为这个女孩在花一样的年华时离开，更因为还有更多父母没有被唤醒，为什么会这样？

反思可以洗涤我们心中的污垢。

也许我们曾经做得不够好，也许我们不是最完美的父母，但是，我们已经走在成长的路上了。过往所有的一切，不是我们故意造成的，通过反思，我们已经走在成长的路上，就这一点，就足以让我们骄傲和欣慰。

▶ 天下没有完美的父母

我们每一个人所懂得的都是有限的，我们在有限的范围内，已经做到自己能做的百分之一百了，并且，我们还自觉地成长，所以我们已经是天下最好的父母了。我们已经是足够让自己的孩子尊重的父母了，我们无须自责，我们无须内疚。

做得不好的我们会进行反思，未来、当下，我们可以做得更好。无论我们日常的言行，还是我们内在的每一个念头，我们都可以仔细斟酌，并接受天下没有完美的父母这个事实。

▶ 成绩真的是最要紧的吗

前文中提到的那个女孩，她的爸爸妈妈一定曾经为这个孩子而无比自豪，因为自己培养了一个优秀的女儿。但一定不会想到，她会在如此美好的年华以这样的方式结束自己的生命。

所以，各位亲爱的爸爸妈妈，到底什么是亲子关系里最重要的？成绩真的是最要紧的吗？

我猜，当他们见到自己女儿尸体的刹那，他们情愿自己孩子考试从不及格，却懂得珍爱生命，懂得活着就是对父母最大的孝敬。我相信在那一刻，女孩的爸爸和妈妈愿意用自己所有的一切来交换孩子的生命，如果可以的话。

▶ 我们忽略孩子内在的感受多久了

各位亲爱的爸爸妈妈，为什么一个花季少女，一个人独自苦苦支撑，经受着强迫症一次又一次的侵袭，却不愿和父母开口？这是怎样的亲子关系造成的？

各位爸爸妈妈，我们关注孩子吃、穿、住，给孩子最好的物质享受，我们自己省吃俭用，想把最好的给孩子，只希望他成绩好，真的够了吗？真的够了吗？真的够了吗？

在养育孩子的过程中，我们忽略孩子内在的感受有多久了？我们只看着他的卷子，看着他有没有做作业，盯着他有没有玩手机，有多久了？

我们有没有问过，为什么孩子会有网瘾，为什么孩子会厌学，为什么孩子不愿意和我们说任何心里话。

分享到这里，我只想和大家说：学习是一个伴随终生的过程，衡量标准不应只有代表学习成绩的一个个冰冷的分数，作为父母，我们要培养孩子感知美好生活的能力，让其乐观、健康地成长。

2017-9-28

你到底要哪个小孩

此刻，请你轻轻地闭上眼睛，做两次深呼吸，呼气的时候双肩放松，然后，在舒缓的音乐旋律里，好好看看你的孩子。

在你的面前，除了自己的孩子，还有一个你一直期待的理想的小孩，他们并排出现在你的面前。

这两个孩子，一个什么都听你的，任何方面都符合你对孩子的期待，成绩好、听话、懂事，但不是你的孩子。

另一个是你的孩子，他可能有很多你接受不了的行为，时不时来挑战你、考验你。你期待他好好学习，他偏偏“三天打鱼，两天晒网”；你教导他尊敬老师，他偏偏让老师难堪；你希望他孝顺父母，他偏偏眼里没有你……

两个孩子，你要哪一个？你肯定会毫不犹豫地告诉我：我要自己的孩子！

那么，请跟我完成这个练习，请你看着理想的小孩，和他说话：我看到你了，你是我理想中的孩子，曾经，我很喜欢你，我常常拿你跟我的孩子比较，总以为他不如你。今天我明白，无论你多么好，都只是我心里的一张照片，你再好，我也放不下那个不够好的孩子，所以，今天，我要跟你说再见。

孩子其实是大人的一个投影。孩子的所思、所想、所行，都是在模仿大人。我们要接受孩子不够完美这个事实，这个过程也是对不够完美的自我的接受过程。

对于孩子，我们要有技巧地鼓励。夸奖的话要多说，但一定要言之有物，不能“瞎夸”、泛泛地夸。

所以，看着你的孩子，说出他的5个优点，要用肯定的方式。

第一，用正面的语言来描述孩子；第二，说出一件他做的值得肯定、值得赞扬的事；第三，用3个关键词来描述你的孩子，所有的关键词都是种子，将会种在你的心里。

开始吧。请你记得父母的责任，而不是用成绩去压制孩子，并不是只有成绩好，未来才一定好，我们要帮助孩子成长为可以自己照顾自己，同时带给世界一份正面影响的人。

2017-9-29

和孩子有效沟通

做父母的都希望自家孩子听话、懂事，那么，怎么样和孩子沟通，效果好呢？

情景一：“你怎么又弄成这样？”“我弄成怎样了？”“你看看，地上到处都是瓜子壳，还翘个二郎腿，像什么样子？快起来扫干净！”“我不来扫，你自己扫！”嘭！孩子摔门进了房间。

情景二：“你又在干什么？还不快写作业去！”“我没干什么！”“没干什么还不快点看书去！”“看书，看书，我刚看完语文好吗！”“让你看书是为你好，又没让你做事，我小时候还没得看嘞！”“烦死了！”孩子气呼呼地拿起书本。

类似的场景，在千万个家庭中天天上演。孩子委屈、愤怒，父母同样烦躁、愤怒。哪里出了问题？

冷静下来我们想一想，其实根源在于我们对孩子有期待，当发现孩子没有长成我们期待中的那个样子时，我们就会焦虑，于是，说话夹枪带棒，充满了指责、抱怨、失望、愤怒、说教或者命令，与孩子的沟通便可能陷入僵局。

克制下自己的焦虑情绪，与孩子心平气和地去沟通，接受孩子不能长成自己期待中的样子这个事实，不再给孩子设限，也不再给自己设限，你会发现，你和孩子之间的沟通变得顺畅、有效了。

2017-10-2

孩子是父母的镜子

从我进行的近千例亲子关系疏导的案例来看，孩子是父母最好的镜子，可以照出父母的情绪、行为模式、童年创伤。

父母往往习惯于说教，但真正影响孩子言行的恰恰不是道理，而是父母的言行。

孩子模仿父母的言行是表面的、可观测到的，父母的情绪、思维模式和内在创伤对孩子产生的影响隐藏在孩子生命状态的深处，并通过孩子的行为有所体现。

当孩子厌学、易怒、与大人对抗时，很可能父母的婚姻关系亮了红灯，或者父母自己的人生也处在低谷。如果父母对生活没有多少热情，孩子学习也不会有很大动力。

孩子上课不集中、做事情拖拉、依赖性强、早恋等，背后往往存在父母隐形离婚、彻底离婚，对孩子要求过高等问题。

另外，孩子这面镜子会鲜活地反映出家族的创伤问题。有时候，孩子表现出的一些令你百思不解的行为可能就是家族创伤的信号。

2017-10-6

亲子关系感悟（四）

今天，我向孩子发火了

上课时间到了，我走进会场，发现竟有 1/3 的孩子没来会场，还在房间睡觉，义工老师说去敲了门但没敲开。于是我发火了，我不想硬生生地控制我的情绪。我很认真地发火，发完火有几个孩子找我来探讨。

下午，除了 2 个孩子坚持在房间，其他孩子都选择来了会场。因为我说：从现在开始，请你们自己选择，如果你不来会场，请你和你的父母来办退营手续，然后回家；如果你选择留在这里，请你下午 2:00 准时来会场。

亲爱的孩子们，我希望你们明白这样一些道理：

第一，允许不等于没有规矩。在社会中，其他人不会像父母那样永远迁就你，你终究要承担自己的选择所带来的后果。

第二，你现在花的每一分钱都是父母的，你没有理由花父母的 3600 元钱来宾馆睡觉。

第三，作为营员，按时上课，也就是守时，是最基本的规则。在你未来的人生里，守时是十分可贵的品质。

第四，人和人之间形成的各种“圈子”都是一个整体。家庭是一个整体，班级是一个整体，你今天所在的小组也是一个整体。缺了你，别人要等你上课；缺了你，规定的练习会做不成。所以你在做任何决定的时候，请考虑他人的感受，不要漠视自己的价值。

第五，请你真实而勇敢地表达内心的想法。如果你不想来，请你坚定地告诉父母，我现在不来，想去的时候我会去。来了，请你尊重你自己的决定，并且承担决定所带来的结果。

第六，我想请父母在给孩子选择冬夏令营的时候，能够认真地和孩子谈一谈。在我发完火之后，有的孩子来跟我沟通，他不是抗拒我，也不是抗拒会场，而是抗拒父母的这种安排，所以他本能地不想进来，本能地反感。所以，孩子如果倾向于运动，请选择户外拓展营；若愿意改善亲子关系，请选择亲子营；若愿意探索生命、了解自我、解决身心问题，就可以选择“生命一棵树”。请父母和孩子认真沟通，互相尊重。

2018-2-8

关于少年特训营的思考

1

在第 11 届少年特训营现场，我说：可能没有下一届特训营了。当时，我真的不想办了，拖着这些孩子成长太累了。

但是，结营那天，孩子们眼泪汪汪地和我告别，怯怯地问："老师，下一届特训营真的不办了？"

我实在不忍心拒绝。孩子的眼泪、家长和义工老师的期待，以及我自己的心愿共同促使我思考"下一届的特训营要怎样办"这个问题。

今晨醒来，我的思路更清晰了。

首先，我明白自己放不下孩子的成长，这是一种责任和担当。

其次，我要思考一下我该怎么做。如果继续办特训营，我要尝试完全不同的课程模式。

2018-2-10

2

历时 3 年，“生命一棵树”共举办了 11 届少年特训营，学员总数超过 1000 人。无论义工老师还是家长，都对课程充满期待，似乎只要孩子来了特训营，成长就开始了，期待中的改变就发生了——关键是“期待中的改变”这几个字。

而我却觉得越来越累，越来越不想办特训营。是哪里出问题了？

这届特训营对我来说真的是一次意义重大的特训营，我真实地表达了我的愤怒，我也可以不表达，把孩子们哄得高高兴兴的，反正总共 7 天时间，忍忍就可以了，免得落下一个坏印象。

不过，我终究是性情中人，别人怎么看我不重要，重要的是：我得对得起家长交给我的学费；我得对孩子们负责；我得对得起家长给予我的信任！

实际上，这 11 届特训营，每一届都会有大约 10%的孩子是不愿意进会场的。这 10%的孩子会耗掉我们义工老师 80%的精力。这 10%的孩子日夜颠倒，神情木然，手机不离手，睡觉要催，起床要催，上课像睡神，还都有一套自己的理论。

这样的孩子在每一家机构的冬夏令营都会存在，我也可以装作视而不见，放任不管。这样，义工老师轻轻松松，我也讲得轻松，但我内心真的喜悦吗？

不，我内心越来越沉重。作为母亲，遇到这样的孩子，我会陷入绝望，甚至崩溃；作为亲子导师，我很想做点什么，却无从下手；我多么渴望这些孩子的父母能先来上课，从改变自己开始，再引导孩子改变！

现实是，孩子的父母往往执着更甚，更不愿意花时间精力来学习和改变。他们把改变孩子的希望寄托在我身上，久了，我累了！当在第 11 届特训营中，再一次看见七零八落的学员座位时，我终于明白：我只是一名亲子导师，我不能代替家长和孩子的自我成长！

与其说是这一届的孩子把我惹生气了，不如说是这共计 11 届特训营中10%的孩子把我唤醒了——智慧少年特训营到底是给谁办的？是为了做家长的同盟军，把孩子推到家长喜欢的路上？还是真真切切要为孩子的成长服务？抑或是为了满足家长心里对我的期待？

今天，当我不断对特训营做总结，不断做自我内在梳理的同时，我想对家长说：请把选择权还给孩子！虽然我很想把所有的孩子带进课程，但这只是一个美好的梦想。

这届特训营中有一个非常抗拒进会场的孩子，其他孩子做练习，他不做；其他孩子玩游戏，他说无聊。在我发火之后，他来跟我交流，他不是抗拒我，也不是抗拒这个场，他是抗拒父母给他做的这个安排。

那么，假如这个课程是他自己选择的呢？接受课程的程度会增加多少？我相信每个孩子的内心都想成为“更好的自己”！

所以，如果你的孩子真的非常非常抗拒，那就不要报名了。来了，他待在宾馆睡觉、玩手机。你花了学费、路费，却没有任何的效果，这太可惜了。

他就算被我们硬拽着进了课程，他的心也不在课程里，人坐在会场里却昏昏欲睡；另外，他本能地抗拒课程信息，因为对他来说，证明自己是一个独立、有力量的孩子比听课重要！

于是，他晚上玩游戏玩到很晚，在我们查夜寝的时候，他会很乖地留在房间里做出睡觉的样子。可是检查完了，他就会玩游戏，甚至溜出去。

实际上，这种状况在任何一个冬、夏令营中都存在。歌唱太平没有意义，我愿意公开真实状况。

所以我倡议，请把选择权还给孩子！

我越来越清楚，我要培养能够自己对自己的选择负责任、能够自己对自己人生负责任的少年！

2018-2-11

3

3 年的时间，我接触到上千个孩子。一个深刻的体会是：父母愿意和孩子同时来学习，孩子的良好状态才持续得更久。不然，也许会产生相反的效果。例如，孩子在特训营中感受到爱的流动，感受到义工老师和我对他们的尊重，能够真实地表达自己的内心；可是回到家里，倘若父母还处在原来的状态里，在一个被情绪所控制的状态里，在一个对孩子有着很大期待的状态里，只盯着孩子是否玩手机、是否做了作业，当和孩子出现摩擦时，只会指责、说教甚至嘲讽，那么孩子会更失望，亲子关系会更恶劣。

所以，在期待孩子变得更好的同时，父母也不能停下成长的步伐，要和孩子共同学习，共同进步，为营造良好的亲子关系而共同努力，而不是将期望单纯放在花钱改造孩子上。

在以后的课程中，我将致力于父母和孩子的共同成长。

2018-2-13

亲子关系感悟（五）

请信任你的孩子

“信任”这两个字讲讲容易，要真正做到却委实不易。

开学一星期了，我不断收到家长的求助信息，充满焦虑不安甚至愤怒。家长相信孩子内在有向往美好自己的动力吗？压根不信！所以，在和孩子的沟通中，第一句话没有达到期待中想要的结果，第二句话就带着不耐烦，甚至挖苦、嘲讽，激起孩子心里的抗拒、愤怒，最终演变成看起来“气死人”的局面。

这真的都是孩子不听话造成的吗？其实，孩子十之八九成了父母心里恐惧的垫背。我在和几个孩子通话的过程中，真真切切地感受到了孩子心里的孤单、委屈和难受。

今天，听林捷冬校长分享他们学校的孩子为什么主动上交手机，是因为老师做了一件事：让孩子相信哪怕自己是最后一名，只要努力也能成为黑马！当家长信任孩子时，孩子也会信任自己，可我们的家长信任孩子吗？

请信任你的孩子吧！也相信自己付出那么多，会得到一个好孩子！

在信任中，爱才会流动。

2018-3-5

行走篇

想念肯尼亚

看见爱，相信爱

2015年12月，我去了肯尼亚。

马赛马拉大草原是一片神奇的草原，似乎万物都在引领我去看见神奇，看见爱！

在2号车上，我一边狂拍各种爱的镜头，一边和伙伴们分享：

遇见吵架的夫妻，直接拉来大草原，让他们看看狮子，看看云端树梢的两只鸟，他们就好了。

遇见骂孩子的家长，直接拉来大草原，让他们看看鹿妈妈、鹿宝宝，看看象爸爸、象妈妈、象宝宝，他们就好了。

遇见老是和朋友、同事闹别扭的人，直接拉来大草原，让他们看看动物们是怎样相处的，他们就好了，河马和鳄鱼同处一条河，羚羊和猎豹同享一片蓝天……

遇见总是和自己过不去的人，直接拉来大草原看看树，他就好了，在旷野中，只有一棵树，它依然生机勃勃地矗立着……

万物都在向我诉说：爱与生俱来，爱是上天送给每个生命的礼物，爱本来就在。

这些大象、鹿、猎豹、河马……这些树、草、云……都是为了让我们看见爱、相信爱，并去传播爱。

2017-4-26

相约星空

安布塞利国家公园。今晚，我们相约星空下，躺着数星星。

静静地躺下，仰望星空，“天上的星星眨呀眨”，霎时，童年的记忆扑面而来……院子里，一张竹塌，几把椅子，一把麦草扇，躺在凉凉的竹榻上，摇一摇麦草扇，赶赶蚊子，数数星星，听着大人的闲聊和此起彼伏的蛙鸣声，睡意朦胧，翻个身就睡着了……

忘了有多少年，没有这样看过星星、数过星星了。

“坐在高高的谷堆旁边，听妈妈讲那过去的事情……”，哼着妈妈唱过的歌谣，看天上流星划过，默默许下一个心愿：

“愿‘生命一棵树’系列课程讲到更多的地方，利益他人；愿生命教育走进更多的学校，利益少年学子。”

天上淡淡的云越来越多，星星好像越来越少了，星星去了哪里？云卷云舒，云渐行渐远，星星再次布满星空。

原来，星星一直都在，只是暂时被云遮挡。我们只要等待，或者拨开云彩，就可以看见星星！

我们每个人的智慧和爱就像天上的星星，一直都在，只是偶尔会被遮挡而已！愿每个人拨开心里的云雾，看见自己的星星！

亲爱的朋友，相约星空下，让我们感受生命的无限美好吧！

2017-5-2

醉了！醉了！大美神云

这段旅程接近尾声，蓝天白云却以不可思议的美留在了我心里。

有时候，我一路痴痴地看着这千姿百态的云，不禁会问：“这云怎么会这么美？到底是谁创造了这种美？到底是什么化作了这千姿百态的云？”

没有两朵云是一样的，我们也无法要求它们一样；没有两个孩子是一样的，可是我们常常要求他们一样，希望他们一样听话、一样考100分。

没有一朵云是不变化的，甚至时刻在变。人呢？却如此害怕改变，甚至，最好是孩子变、对方变，而我不变。因为错的是他们，不是我。这是真的吗？

站在乞力马扎罗雪山的观景台上，我真想化作一只小鸟，飞向云端；我伸出手，闭上眼睛，仿佛我可以摸到这云朵，我想握住它，却又发现这完全是徒劳的。

我什么也抓不住，摊开手掌，云朵却刹那间布满我的整个掌心；原来，允许云朵流经，手掌才是丰满的，想抓住却是空的；我们的生命不正是如此吗？

想拼命去抓住钱，却总缺钱；想拼命抓住孩子，孩子却偏偏不听话；想拼命抓住爱情，对方却逃得快……

是啊！我们越在意，结果却越让我们失望；不如就像对待这云朵一样轻轻地松开手，让它流过，在它流经手掌的时候，好好爱它，在它离开的时候，带着祝福目送就好。

让下一朵云进来吧！

我慢慢地把手收回来，放在心口，深深地呼吸，把这满天的云朵也深深地放进心里。

它们是洁净、安宁且从容的；它们是如此的优雅，又是如此的灵动，既像大家闺秀，又像顽皮的孩子。

和我一起来看云吧！你看，就在你的前方，这朵云像极了一个孩子。别动，一只凤凰飘过来了，开始环绕着孩子，咦！这孩子变成一顶帽子了，前面出现了一个天使！对，就是那个丘比特天使，快看，丘比特之箭！啊！那顶帽子不见了，变成一只灵龟了，噢！狮子，狮子，嗨！妈妈抱着孩子在跳舞呢……

千姿百态，千变万化的云啊！怎一个美字了得！

和我一起来看云吧！你会发现，你想看什么，在云里都可以看见。和我一起来看云吧！你会发现，你在云里看见的，就是你的心啊！和我一起来看云吧！

醉了！醉了！大美神云！

2017-5-3

醉了！醉了！我心中的树

也许，我对树有一种情结吧。

在我年轻的时候，在我对恋爱满是憧憬的年华，我喜欢舒婷的《致橡树》，我常常幻想我的身旁有一棵树，和我一起“根，紧握在地下，叶，相触在云里”。

在肯尼亚这片土地上，我常常发出一声惊叹：“好美的树啊！”在广袤无垠的大草原上，在天际云端之下，常常会出现一颗挺拔的树，孤寂又高傲。在烈日下，在暴雨中，岿然不动，让人对生命生出无限的敬畏。

近了，近了！我终于可以清晰地看见这棵树，却发现和风吹过，树叶微微作响，仿佛在欢迎远道而来、在草原上和它约会的我，让我心里生出无限的欢喜。

草原是如此的广阔，那挺立在草原中的树是给人、给动物指路的吧？

婀娜多姿的树啊，你像一个秀美的姑娘般舞蹈，是在赞美草原的美丽、宇宙的神奇吧？

亲爱的树啊，我想，你即便干枯了，却依然能站在这草原上吧，因为你无法舍弃这片美丽草原，依然要装点这片土地……

亲爱的树啊，当我抱着你痛哭的时候，你会哭吗？你生来就是奉献的吗？像一把伞，给人、给这些野生动物遮风挡雨；像一个家，给人、给这些野生动物安全的港湾……

醉了！醉了！我心中的树！

你是如此的雄壮挺拔，好似可以护住所有来到你树下的生灵；你又是如此的婀娜多姿，恰似那一低头的温柔。

你就算树叶落尽，树皮风干，却依然站成一道风景，诉说着爱的深情。

醉了！醉了！我心中的树！我心中的树啊，是谁赋予了你这样的力量？是谁让你如此的美丽？

2017-5-4

梦回天堂

凌晨醒来，回想肯尼亚之旅，仿佛梦境一般，遂将此文取名为《梦回天堂》。马赛马拉大草原辽阔祥和，洁净从容，是野生动物的天堂。肯尼亚人小心翼翼地护着这片天堂。

清晨，小草上的露珠还透着白雾，我铺上防潮垫，听着轻柔的音乐，静静地冥想，守候着日出。看着太阳磅礴而出，整个人沐浴在万丈霞光中，这一定是天堂，是吧？

阳光柔柔地照下来，就像母亲柔柔的目光抚摸着我。脱下鞋子，光脚去丈量这土地，久违的清凉、湿润从脚底传入心里；把鞋子抛向空中，看它自由地降落，我可以像孩子一样放肆地大笑、打滚、哭泣，这一定是天堂，是吧？

树荫下微风吹动，在落日的余晖中，空气清新，树木葱葱，河水清澈，鸟儿歌唱，花儿绽放，青色青光，白色白光，妙音萦绕，心境清净庄严，这一定是天堂，是吧？

天堂在哪里？天堂就在心里啊！心中有天堂，才能发现天堂！

2017-5-5

想念沙漠

1

4 年前的今天，我恰好在沙漠中。昨天就想写写沙漠了，记忆真是奇妙！

离开银川已经 4 年了，离开沙漠也已经 4 年了。然而，关于沙漠的记忆清晰得宛如昨日。

感谢机缘巧合，我得以来到银川，从而有了这一次难忘的沙漠之旅……关于沙漠，我知之甚少。对于生活在绿树成荫的江南的我来说，沙漠遥远地宛如天边的星星。

于是，在出发的当天早晨，我穿上短衣短裤，戴上草帽，手里拿个苹果，拍了张挥手的照片发给朋友，并说：“我要去沙漠啦！”立刻，微信里朋友呼应：“你这样子去沙漠，不怕被暴晒吗？”“啊！这样严重吗？可我已经上车了哦！”急中生智，在途径加油站时，我冲进洗手间，三下五除二，换上长衣长裤，戴上魔术头巾，把自己全副武装了一番。拍照发给朋友，朋友惊呼：“你太夸张了吧！”

我才不管夸不夸张呢！出发！

就这样，我带着孩子般的好奇和“天真无知”向沙漠奔去。

2017-5-24

2

一觉醒来，听到有个声音说："到了到了！"到了吗？我下车一看，这不是农村吗？沙漠在哪儿啊？

但见 4 辆车停着，领队说要坐越野车进沙漠。"啊！不是说徒步的吗？怎么坐车了呢？"

就这样，我带着一些隐隐的失望坐上了越野车。

车窗外，掠过一大片褐色的苍凉的土地。不知道为什么，我的心忽地安静下来，心底升起一种悲天悯人的情怀，眼泪在眼眶里弥漫。沙漠就这样在还没有撩开它神秘面纱的时候，轻轻触碰了我的灵魂。

"砰"，忽然，车子弹起老高，我"啊"的一声弹起来又落下去，"天啊！我的腰快断了！"

"顺从它，不要抵抗。"领队的声音从驾驶室传来。沙漠用它的强悍和力量和我打了个招呼。

2017-5-25

3

很快，车到了我们中午吃饭休息的地方——一个牧民的家。

只在电视里见过的蒙古包出现在面前。走进蒙古包，看见墙上挂着 4 幅画。我指着其中一幅问："这是马吗？"领队瞪着我回答："这是狼。"

唉！没文化真可怕，狼和马分不清。

领队为我们分发午餐：两个肉夹馍。牧民很快为我们倒上奶茶，我喝一口，差点吐出来，咸的！好在我没那么娇气，一仰脖子喝了下去。

看着这从没喝过的奶茶，凭着已有的医学常识，想：下午出汗，也许这杯茶就派上了用场。于是，咬一口馍，眼睛一闭，将一杯咸奶茶倒进胃里，睁开眼睛，却发现味道似乎还可以。

接受是不是就是改变的开始呢？拿过一块领队带进沙漠的特甜特甜的西瓜，咬一口——“好甜啊”！这么红、这么甜的西瓜，我还是在1988年去朱家尖夏令营时吃到过，差不多25年了。

走出蒙古包，艳阳高照，我开始领略沙漠阳光的威力。

“这是骆驼草，这是马莲花，远处会找到沙漠特有的锁阳”，烈日下，领队看不出一丝的急躁。我惊讶于领队的淡定，也感动于骆驼草、马莲花的顽强，抬头，远处是一群若隐若现的雪白的羊。

我不禁微笑，我、骆驼草、马莲花、羊，同样是生命，却有着不一样的生存方式，但其实，我们一脉相承。我躺下来，让身体平平整整地贴在沙地上，感受沙的温热、地的厚实。

2017-5-26

4

修整，再次出发。

接下来，沙漠会给我什么样的礼物呢？领队用一贯淡淡语调说：“准备好尖叫吧！”

语音刚落，我们还来不及回应，车子就一个颠簸，我又被弹起来了，想起早上的“顺从它，不要抵抗”，我深呼吸，放松自己。

接下来，领队和沙漠共同演绎了一曲《狂野的沙漠》，彻底征服了我们——车上的4位资深美女。

越野车（我封它为“沙漠之狐”）似乎就是领队手中的乐器，他娴熟地驾驭着它，在沙漠中驰骋。在别人眼中神秘莫测的沙漠，在领队的带领下，让我感受到了它的行云流水般的风雅，既跌宕起伏又狂傲不羁。

“这也能开车？”我惊呼！“呼！”“沙漠之狐”仿佛要冲入云端，却又再“刷”地滑向大地；眼前明明无路可走，“沙漠之狐”却以想象不到的角度弧线出击；有时觉得“沙漠之狐”就像抛物线一般急驶……这极端的沙漠冲浪把我们4个女人全身的细胞都点燃了，一路上，尖叫、大笑伴随着我们急速的心跳。

终于，我们的帅哥教练扛不住了，脑壳撞得生疼，胃开始翻转，只好下车去吐。

我好奇地问领队：“是什么使你将车在沙漠开到极致？”

领队答：“因为我懂沙漠，我看得到沙漠的路，沙漠是有路的。”

懂得才能看到本来就有的路。这是我在沙漠中收到的第一份厚礼。

2017-5-27

5

经过卓湖，车队停下来，领队带我们去采集沙葱，说晚上可以炒着吃。我采了一大把，因被蚊子围攻，我仓皇逃进车子。

从蚊子中突围继续前进，我已没有开始的紧张，甚至可以享受颠簸了。我闭上眼睛，身体随着车子的震荡摇摆，感受“安慈”老师讲的“随”的感觉。当我把自己全然交给沙漠之狐，全然信任驾驭他的主人时，安详自在就来了。

“跟随它，不抵抗”，信任并臣服于宇宙的力量，这是我在沙漠中收到的第二份厚礼。

2017-5-28

6

到达目的地，在教练的协助下，我们搭好帐篷。一想到露营，我开心地脱掉鞋子，赤脚走在沙子上。累了，就仰天躺在沙地里。很久没有这种无拘无束的感觉了，记忆里似乎也不曾有过。我满足地闭上眼睛，耳边传来呼呼的风声，脑中闪过一个词：风声鹤唳，但没有丝毫的恐惧，我沉沉地睡去。

醒来，风沙骤起。

咬一口苹果，裹着呼啸而来的沙子吞进胃里。我站起来，在风沙中行走。我将双脚深深地插入沙海，任凭风沙肆虐，不禁感慨：扎根吧，就像沙漠中的一棵树，深深地扎下去，根植于大地深处。

唯扎根于大地，方能专注于当下，这是我在沙漠中收到的第三份厚礼。

2017-5-29

7

帐篷被风沙吹跑了，我们只好到牧民家中借宿。

吃着领队为我们炒的沙葱，我不禁问道：“是什么使你如此喜欢沙漠？”领队答：“沙漠历练了我。”

历练了什么呢？胆量？勇气？智慧？沙漠的灵魂是什么呢？带着这样的探索，听着蒙古包外呼呼的风声，我和衣而卧，安然入睡。

第二天清早醒来，风已停。我推门而出，成群的蚊子立刻来迎接我。来不及和蚊子战斗，我即被眼前的景象摄住了心：

昨天的沙漠似一位勇猛彪悍的粗犷男人，今天的沙漠却宛如一位羞涩文静的少女，展现着如处子一般的柔情。

我不由得走向沙漠深处。沙丘的纹理清晰、圆润，宛如少女的肌肤般饱满、洁净。我不忍触碰，生怕惊扰了她的好梦，亵渎了她的纯洁。

2017-5-30

8

我静静地伫立着，看着自己留在沙丘上的脚印。抬头，远处的红日似出非出，云静静地飘过。那一刻，天、地、我、树，所有有生命和无生命的物体都融合在一起。

我开始触摸到沙漠的灵魂，但我还不知道如何描述。

刹那间，太阳给沙漠穿上了金黄的外衣。领队带我们开始徒步体验。

15 个行走在沙漠中的人成了风景。我从远处回望，仿佛时光倒流一般：那些小黑点是穿越丝绸之路的商人吗？那些嬉笑声是驼铃化成的吗？时间到底是怎样的概念？

到达峰顶，浩瀚的沙漠尽收眼底，那是江南没有的美，不是“大漠孤烟直”的苍凉，而是涤荡人心灵的威慑力。除了臣服和感恩，我还能做什么呢？

2017-5-31

9

领队让大家从峰顶滑下去，我傻在那里。

望向谷底，我一阵眩晕，有点恐高。那个扛不住呕吐的帅哥教练一直陪着我。

我试着躺下来，闭着眼睛往下滑，感觉还行。睁开眼睛看看天，很蓝，很干净。我起身，想看看谷底，吓得又闭上眼睛。最后，教练把我拖到了谷底。

我：“教练，我害怕。”

教练：“那还走吗？”

我：“走！”

下到谷底，抬眼望向峰顶。也许，沙漠将疗愈我的恐惧。

写到这里，仿佛自己又重回沙漠。也许有一天，我会带着你，带着想去沙漠的朋友，重新坐上领队的“沙漠之狐”，领略沙漠的魅力。

你，是否愿意与我同行？

2017-6-1

行走的感悟（一）

难行能行人生路

今天是第一天徒步。早上 7 点从住宿地出发，简单地吃完早餐后，7:15 正式踏上行程。

路上，不断有人惊讶地问："你们是走路来的？从哪里来的？"后来，有位大叔直接问："为什么要走路？"是啊，为什么要走路？好好的车不坐，偏要走到腿脚抽筋，为什么？

走着，走着，有一瞬间，我忽然眼含热泪。在那一瞬间，天、地、人是合一的。前面是行走的伙伴的背影，周围是农田、鸡犬，头顶是每天都见的天空，唯一的不同是安宁和静默，就在这安宁中，我落泪了。

时间一分一秒地过去，腿、脚也越来越僵硬、疼痛，感谢刘东老师一直陪我走在最后，使我有勇气走完全程——32 千米。

在这次行走中，我也找到了为什么要走路的答案，因为难行能行人生路。人生路上的每一步，都要自己走，时而一个人走，时而一群人走，每一步都不会白走。

明天太阳升起之时，我们将背起行囊，继续向着目标前行。

2018-11-13

痛·坚持·交给

用一个字形容今天的徒步：痛，用两个词描述今天的感受：坚持和交给。

1

早上 6:50 出发，才走了 5 分钟，我就开始冒汗，仿佛腿、脚已不是自己的。

王帆老师一直在后面支持我，我心里有些过意不去，又担心自己拖大家的后腿。一心想赶上前面的伙伴，结果距离拉得越来越大。

大约走了 3 个小时，我终于赶上了在前面等我的大部队，我不敢坐下来，怕一坐下就起不来了。站了一分钟左右，我还是决定先慢慢走。那是一个很陡的上坡，我一低头便再没精力看左右，用尽办法前行。

2

一口气走到 11:30，大家找了棵大树，准备休息。我还在赶路，侧眼看到栏杆外有一只死去的狗，往前走了 5 米，心里总觉得过不去，还是告诉了孙嘉和王帆，三人返回，其他准备休息的伙伴也返回，大家合力埋葬完毕，才安心休息。

大约半小时后，我们再次出发。我只能一小步一小步地移动，于是干脆放弃了和大家一起走的想法，就这样慢慢走吧，总会到的。下午 1:00，我终于到达午餐地点，大家已经到了半小时了。吃过饭，快 2:00 了，要完成今天的徒步任务——42 千米（到达那里才能住宿），时间有点紧。

我知道自己走不快，于是和大家说好，我一个人在后面慢慢走，太晚了就打车。慢慢地，前方最后一位伙伴也消失在视野中。

3

我慢慢地在马路上移动，很多时候，安静得只能听见登山杖戳地的声音，偶有一声清脆的鸟鸣传入耳朵，蜀道旁的千年松柏既沧桑又翠绿。我一路小碎步前行，但人却没有疲劳感。

走着走着，一辆黑色轿车在我面前停下："你掉队了，我送你赶上他们。"然后便调转车头，等我慢慢上车。看见伙伴们了，他又说："我再多送你一段路，不然你又得被落下。"

下车时，我连声道谢，他连说"不用谢，不用谢"，然后又调转车头继续前行。目送他的车远去，我心中满是感恩。

4

大约又走了两小时，伙伴们追上了我，此时已是傍晚5:00，还有近6千米的路程，看来我还得搭车，天色已晚，我一人独走，老师和伙伴们都会担心。我心里计划着：再走15分钟，这样我下午刚好走了3小时。

爬上坡，是一个公交站，公交站下停着一辆超帅的摩托赛车，一个帅哥站在旁边，这辆赛车挂的还是浙江牌照。

"哇！浙江牌照，你是浙江人啊，我也是哎！"一句惊叹开场，彼此就是老乡。

我看看他的摩托车，说："我的脚可能爬不上你的车，不然请你送我到前面镇上。"他竟然回答："怎么会爬不上，我奶奶都爬得上。"

呵！这车还坐定了。他把车上的衣服袋子解下来，藏进树丛，把位子腾出来，把我弄上车，送到住宿地，又把我弄下来（我的手脚基本已经不灵了），然后又调转车头回去了。

普通的徒步的一天，我记了一本流水账，姑且实事求是地叙说，一切尽在不言中。

2018-11-14

走路

今天依然是 6:30 出发，天色未明。在行走中迎来黎明，甚是清爽、宁静。刚出发，我就被落下一大截。我索性慢慢启动，等身体这部机器醒过来，一边慢慢走，一边欣赏沿途的风土人情。

蜀道真的特别适合走路。两旁的千年古柏翠绿一片，浓密之处几乎能盖住路的上空，特别想拍一张在古道上独自行走的照片，可惜只有我一个人，无法拍摄。

走着走着，忽然悟出一些道理：

1. 走路得走在自己的道上，要越过机动车道，得先让机动车通过。在亲子关系、婚姻关系中，这叫界限。如果要过界，你得问问人家让不让，不能自作主张。

2. 走路当快则快、当慢则慢。清晨空气清新，道路平坦，时间充裕，可以慢慢走，慢慢看；若遇上坡，且已全身酸痛，当低头前行，偶尔抬头探测路况，全力以赴走上坡顶。人生在某些时刻亦是如此。

3. 长途行走，鞋子很重要。鞋子的好坏，不在于卖相、价格，而在于鞋底是否够厚、是否有弹性。选择另一半也是如此。

4. 一路走来，想要走得快，助力很重要。一根称手的登山杖就是最好的助力。那么，你事业中的助力呢？

…………

2018-11-15

只管走

1

今天依然是 6:30 出发，身体明显比昨天轻松一些，虽然半月板受伤处痛得厉害，但前 2 小时还是走得很快，能跟上大部队。

路也平坦，没有蜀道的蜿蜒曲折，当然也没有蜀道的青翠宁静。一直沿着国道走，汽车声此起彼伏，人声也嘈杂得多。

2 小时过后，速度慢了下来。有了昨天的经验，我心神安定，一步一步往前走。

很多时候，我只看着前方一米处，安静地走。雨渐渐大了一些，便去一农户屋檐下稍作休整，吃了点干粮，打开雨伞继续行走。途中，汽车声越来越频繁、刺耳，有些许烦躁，忽然想起包里带着耳塞，找出来塞进耳朵里，立刻清净很多。

2

中午，在路边一个比较大的候车亭吃完剩下的饼，此时大约是下午1:30左右。老师留言说还有12.8千米，我算了算，下午5:00左右才能走到。

不知走了多久，看见前面有一段很长的陡坡，忽然来了灵感："别看这坡这么陡，感觉走上去很难、很累，不要想那么多，只管走，走近了，你会发现没这么陡，不知不觉就走完了，也并没有那么累。更为关键的是，不要看着前面陡坡走，而要看着脚下。"

拍完照，我便低头前行，保持沉默。渐渐地，我感觉到不是我走得快与慢的问题，而是身体在自主地和谐运作。

3

爬上坡，回首看看，会心一笑，转身继续静默前行。走到三岔路口，其中一条是泥泞的小路，我决定走泥泞的路。这时，一个背着孩子的中年妇女从我身边经过，更坚定了我的决心：人家背着孩子都能走，我还有登山杖，怕什么！

路果然不好走，满是黄泥巴，似乎是在拆迁，很多房子倒塌在地。中年妇女是个善良的人，走到她家门前，她放下孩子，又陪我走到三岔路口，怕我走错了。

我跟她并没有太多交流，因为听不懂四川方言，她陪我走，我很意外，也很感动，我想从包里拿点礼物给孩子，可惜包里只有徒步必备之物。“孩子很漂亮”，我由衷地赞美着孩子，她说孩子老生病，我大声地对着她的背影喊：“孩子会越来越好的。”

4

出了小路便是景区公路。景区很安静，空气很好，虽然下着雨，但我心里特别安宁。

如果这样走下去，也许会走到物我两忘。

今天徒步的过程已经深深地印入了我的生命，在未来的岁月中，遇到急躁、挫折的时候，我都会想起今天自己独自徒步的经历。

天色渐暗，小雨淅沥，离目的地只剩下最后1千米，定定神，一鼓作气走了过去。傍晚5:25，胜利到达住宿地。

回到房间，赶紧烧水泡脚，下午连续走了4小时，但脚上并没有新的脚泡。

我要为德谦和浩翔点赞，两个年轻人的坚持超乎我的想象，愿他们在徒步路上收获多多。

2018-11-16

行走的力量

1

今天是我行走的第 5 天，全程 38 千米。

早上依然是 6:30 出发，早餐过后，我提前走了，本想“笨鸟先飞”，但很快老天有了它的安排。

从出发开始，就一直下着小雨，小雨伞并不怎么管用，鞋子渐渐湿透。怕脚底湿了容易起泡，我在一处加油站换了袜子。

这样一来，我又会被大部队落下。今天，我一直想走快些，想和大家一起走。但是，新换的袜子很快又湿透了，整个脚底仿佛泡在水里一样。

2

雨似乎更大了，我快速开动脑筋：怎样解决鞋子漏水的问题？终于看见一家小超市，我进去采购了鞋垫、袜子、卫生巾、护理垫，坐下来开始第二次换袜子工程。

脚底已经发白，我换了新鞋垫，但很快就湿了。再次更换新鞋垫，然后垫上卫生巾，穿上运动袜，把护理垫贴在脚背上，再套上丝袜穿上鞋，果然又暖又有效。老板娘看我忙得不亦乐乎，又提议用塑料袋和透明胶把鞋包起来，一番忙碌，我终于弄妥当，再次出发！

心里正得意，右脚的塑料袋却掉了。雨依然下着，又正值上班高峰，一辆又一辆电瓶车肆意地呼啸而过，溅我一身污水，包包也被打湿了，里面的衣服都湿了，平添几斤重量。

要坐车吗？还是要走到目的地？

我在心里问自己，我的心回答：不坐，今天要横下心走到终点，湿就湿吧！

放下挂碍，调整好走路的频率，继续走！

3

中午，老师打电话询问我到哪里了，看了老师发的定位，我信心大增，也就相差 4.4 千米，这证明我上午走得挺快。即使追不上，我也顶多迟到 1 个小时。

我加速穿越市区，爬过两座天桥。出城已是下午了。因为下雨，找不到坐的地方，脚底火烧火燎地痛，口渴，但喝水要拿下包，一路也没看见洗手间。看见一家修理厂，有厕所，人家也同意，很想坐一坐，却看不到一条干凳子，只好作罢。

看着远方，我没来由地哭了。不是悲伤，不是痛苦，但却越哭越厉害。

突然冒出一个念头："我可以哭，但不可以退缩！""为什么？"

"没有为什么！因为做人本来就这样！"

我自问自答，那一刻，我很欣慰，自己给出的答案不是因为自己是母亲、老师，而是做人就应该这样。我看见了自己的成长——不抱怨，不迁怒于他人。

哭完，感觉人轻松了很多，所以，哭有时是好事儿。

4

雨终于停了，终于可以不撑伞了，感觉又轻松了一些。到106县道修路处，保安说："你落后了，他们过去半小时了。"

听之大喜，看来我今天走得很好，顶多相差4千米！走过泥泞路，爬上陡坡，脚很痛。

但还是得前行。上坡，下坡，越来越频繁，由于膝盖受过伤，下坡颇为艰难，速度又慢了下来。天色越来越暗，路上的行人越来越少，我一直鼓励自己：我每多走一步，高尊站的学员就会多一个。

眼泪再次落下，这是我今天第二次哭。

5

手机语音提示：我用2小时走了5千米。我在心里对自己说：不怕！只要往前走，总会到的。

走了一步又一步，走过一村又一村，翻过一坡又一坡，已是傍晚 5:30了。饥饿感来袭，感恩陈沛老师给我留的能量棒，我停在路边吃了两块。

休整后再次出发，我第三次哭了，我深深拥抱了自己，全心全意接受自己的一切，无论自卑还是自己的脾气，我相信自己的生命终会发出耀眼的光芒！

感恩刘东老师的带领，感恩伙伴们的照顾，5 天的徒步，时间不长，但意义深远。

因 20 日有课程安排，我明天就回高尊了，本次行走分享就到这里结束。感恩生命中的每次经历！

2018-11-17

行走路上的爱

今天，刘东老师带着大部队胜利走到高尊寺。看见他们，有一种欢迎勇士归来之感，看到德谦和浩翔也跟上了，心里特别欣慰。

这两天，一直还想写一篇关于行走的分享，因为心中总觉还有份爱没表达。

忘了第一次见刘东老师是在哪一场活动上，也许是 2013 年的梅花洲夏令营，也许不是。这些都不重要，重要的是在后来一次又一次的活动中，我不断感受到刘东老师的儒雅和平和。

此次行走，我从绵阳赶往剑门关，路上接到刘东老师的电话，问我到了哪里，大家还在等我一起吃晚餐。老师还替我定好房间，连房费都付了。

第一天走下来，脚上起了泡，曹珺老师不顾疲惫给我送来艾叶、艾条，并教我如何使用。行走了一天，每个人都累得不想动。

第一天，我走得慢，刘东老师在后面跟着；第二天，王帆老师在后面跟着，他们都不说话，但爱早已流进我心里。

孙嘉老师每天为大家找住宿、吃饭的地方；承诚自己膝盖痛，却把护膝给我用，直到结束；陈沛老师为我拍了很多珍贵的照片，为我调整行装；新梅和王帆怕我在市区不认识路，不断停下来等我……

特别是第五天，天色越来越暗，又下雨，我想走得快些，就想抄近路，小路看上去有些幽暗，我还是转了进去。

刘东老师反复打电话询问，让我报告方位，心里特别温暖。更让我惊讶的是，当我拐出小路时，一辆车开过来远远地跟我打招呼，我开始以为是德谦、浩翔走不动了打车返回，车停下才发现，是王帆老师，上车后又发现，刘东老师竟然坐在副驾上。他们是特意来接我的。

除了感恩，一时间我竟不知道说什么。爱，就这样真实地流动着。

2018-11-20

南极，难极，难极了

出发

2019 年 11 月 3 日上午 9:00，我们从家出发，目标上海浦东国际机场，浦东机场是本次南极之行的出发地之一。

半小时之后，陶总发现未带墨镜，于是返回拿墨镜。中午在学校午餐后奔桐庐高铁站，下车取行李，发现陶总将水杯忘在学校了，潘书记又驱车赶回学校取水杯。进站，还有 3 分钟检票。

浦东机场，航班按时起飞。9 小时后，我们于第二天清晨到达迪拜机场。稍事休息，改换航班飞往阿根廷。此段航程要 19 小时。于是，我经历了人生中最长的飞行，坐到双脚肿胀、腰痛、头晕。其间，换了一拨机组人员，终于于 11 月 5 日阿根廷时间晚 8:40 左右下了飞机。集合出海关，到达酒店正是午夜，倒头想睡，此刻国内应是 11 月 6 日的白天，在生物钟的作用下，又清醒了。似睡非睡，似醒非醒，集合时间（上午 6:30）又到了，于是又懵懵地起来赶往机场。到了机场才知道，我们要乘坐的是中午的航班，之所以起那么早，是怕阿根廷常态化的游行示威堵塞交通。闻言，不由地更加热爱我的祖国。

2019-11-6

神奇唤醒神奇（一）

伊瓜苏瀑布是世界上最宽的瀑布，宽 4 千米，高 82 米，平均落差 75 米，此刻我正站在她的身旁。

老师说：此次南极之行首要任务是发现神奇、发现恩典。我想回答：伊瓜苏瀑布本身就是宇宙的神奇和恩典。

早晨从酒店出发，坐小火车，徒步穿越伊瓜苏河来到瀑布的顶端。挤过人群，瀑布尽收眼底，除了瞪大眼珠，发出一声“哇”，脑子一片空白，似乎要缓一缓，才能从造物主的神奇中醒来!

“哇，太壮观了!”耳边不时传来一样又不一样的惊叹声。在宇宙的神奇面前，词汇是有限的、贫乏的，而神奇的感觉和能量是无限的、绵绵不绝的。

是谁造了这瀑布？我们又是因何来到这里？宇宙万物真的不可思议，我又如何能和这万物连接上？

我在想象中把心打开，装进伊瓜苏瀑布，装进这神奇的宇宙胜景中，我把自己融入这瀑布中。

2019-11-7

神奇唤醒神奇（二）

恋恋不舍地离开，徒步穿越伊瓜苏河，我再次发现了生命的恩典。伊瓜苏河足够长且蜿蜒曲折，在行走中，脑子里不断出现童年时期独自一人在湍急的河流上爬着过一座小桥的情景。刚踏上桥时，双脚发空，恐惧感袭来，我不停地打嗝、流泪，甚至呕吐。渐渐地，这些反应消失了，我越来越欢喜地行走在伊瓜苏河上。

下午，导游说我们还要去看瀑布，早上是从顶端看，下午要去中部看。到达目的地发现，早上雄伟壮观的瀑布此刻秀丽多姿，宛如藏在丛林中的少女，“动如脱兔，静若处子”。

瀑布前面，七色彩虹仿佛珠帘挡门，又似祥云普照，我不由自主地向深处行去。在小桥的尽头，一河安静的水忽然起了漩涡，涌起层层白浪，然后倾泻而下，形成千古奇观。

2019-11-7

神奇唤醒神奇（三）

“横看成岭侧成峰”，这是描写庐山的千古名句。伊瓜苏瀑布也有异曲同工之妙。

从顶端看雄伟壮丽，从中部看秀丽多姿，从底部仰视又会是什么感觉呢？带着好奇，我朝瀑布奔去。

远远地听见林中传来浑厚的水声，犹如《红楼梦》中的王熙凤，先闻其声，后见其人。我不由地加快脚步，寻声而去。

两处相依相偎的瀑布像两根银色的带子，垂挂于峭壁之上，我以为这便是伊瓜苏瀑布的底部，但身旁的行人却只淡淡一望，继续往前走，难道这还不是底部？

我怀着更大的新奇深入林中。浑厚的水声越来越强，猛然，一声“哇”脱口而出，脚步骤然停下，大约半分钟后，听见了自己的心跳。

“竟有这么宽的瀑布！”

深吸一口气，我轻轻地闭上眼睛，问自己：“在这神奇的宇宙奇观面前，我最深的感悟和收获是什么？”

2019-11-8

行走的感悟（二）

行走一天，收获一箩筐

早晨 7:00，我们集体出发。刚走几百米，便觉昨日水泡之处疼痛难忍。万一全部磨破，情况会更糟，于是停下来换鞋。换过鞋，果然好受一些，但这样一耽搁，便与第一梯队差了 1 千米。

又走出 1 千米，忽然发现新蓝牙耳机不见了，便沿原路寻找，直到返回宾馆也没寻着，又沿原路往前赶，依然没有，实在记不起是何时掉的。

继续往前走，回想刚刚的过程：没有烦躁、焦虑、自责、后悔。耳机是我非常敬重的人给我的，我当然珍惜和喜欢，但倘若真找不到，也只能放下。来回多走将近 4 千米，我很难追上他们了，但我内心依然平和。我不由得在心里和它告别，希望捡到耳机的人能够喜欢它。接受失去很难，但若真的失去，我们也只能接受，并带着祝福继续前行。

昨天，导航一直要把我引向国道，今天却将我引到了湖畔杨柳岸。杨柳依依，有人在钓鱼，有人在散步，有人抱着孩子遛狗，沿着湖走，很是享受。

索性在岸边躺在垫子上睡一觉。没有吃午饭，却丝毫不觉得饿。走完这段路，我发现自己竟然走在了伙伴们的前面，四五千米的距离，真的好奇妙！

今天有很多收获，再分享一个吧。

早上一个人独自行走时，我买了一袋豆奶充饥。喝完之后，袋子却无处可扔，真想随手扔到满地的建筑垃圾里，那么多垃圾，也不差这一个。

如果真扔了，估计自己还得花大力气从心上捡起。拿着它走了一程又一程，终于看见一辆垃圾车，我疾步上前，把豆奶袋送了进去。好像送它回家一样，这种感觉也很奇妙。“勿以恶小而为之”，大概说的就是这类事吧。

上次在四川巴山蜀道徒步，我痛得、累得哭了又哭。今天徒步却满心欢喜，虽然脚上又增加了4个水泡，但精神充足，竟然跟上了鹏宇和永霞的节奏。用他们的话说：“老师今日如有神助。”我觉得也是。今天行程约 33 千米，比昨天增加了约 6 千米。

2019-12-27

我就是那个最慢的人

“你就不能走快点吗？”

“呜呜，我就是那个走得最慢的人，我早上提前半小时出发，可还是会晚到一小时，呜呜……”

“你不想走是吧？”

“不是，我真的想走得快，我也努力地追赶，可同样的距离，我要比鹏宇多走 12000 多步！呜呜……”

“别哭了，你怎么那么没用啊？”……

今天是我徒步的第 7 天，精神很好，只是辛苦了一双脚。

怕拖大家后腿，早上 6:00 便出发，到宾馆已是下午 6:15。出发 2 小时后，同伴就超过了我，我用尽方法想走快点，恨不得给自己装个风火轮，但是，路还是要自己一步一步走。

2020-1-1

离普陀越来越近了

今天是徒步的第 8 天，离普陀越来越近了。我最喜欢早上出门迎着太阳。感觉前方就是光明世界，常常一个人笑出声。

隔着马路，和对面的兵哥哥挥挥手，忽然就有了力量，于是加快脚步。

我终于在菜上来前赶到了“东北一锅炖”，此次一起走的人终于聚齐了。新年聚会，当然要丰盛富足，东北花卷看着都喜庆！

走不动了，索性坐在马路边自拍。衣服湿了干，干了湿，把多少年的汗都流完了，膝盖那个酸啊！乐观精神还是要有的，希望明天会更好！

2020-1-2

很喜欢从黑暗走向光明的时光

今天是我徒步的第 9 天，没等翻开日记本就睡着了，一觉醒来补记。

今天如有神助，我竟然走了 35 千米，在下午 4:40 赶到了白峰码头，顺利坐上了 17:10 开往舟山的轮渡。早上起来就觉得和往日不同，双脚可以正常下地行走，我信心大增。虽然我依然最后一个赶到，但比昨天提前了 2 小时。

早上 6:00 出发，路灯已熄，漆黑一片，我真的很喜欢从黑暗走向光明的时光。看着太阳渐渐从前方升起，周围渐亮，内在的力量会更加坚定：我一定要走向光明和希望，我要做一个慈悲、清净的人，带着坚定和感恩开始新的一天。

上午 9:00，开始下雨。祈祷天公作美，让此次徒步圆满结束。一会儿，雨停了，空气清新，没有灰尘，还免除了暴晒。

中午吃饭，燕红老师很好奇："老师怎么那么能哭呢？"我一直在想这句话：我为什么那么能哭呢？终于找到了答案：因为我的心越来越柔软，越来越能触摸到生命的恩典。

好多年前，我在太原开课。何老师在后面哭，我跑过去问他为什么哭。他说看着这些孩子有改变，太好了。

心变得越来越柔软，才能真正触摸到生命的珍贵。

徒步途中，这种感恩之心时时都在。今天亦是如此。两位环卫工人在雨天趴在 329 国道外的斜坡上捡垃圾，我转身悄悄地向他们鞠了一躬。

明天是到达普陀的时间，我必须在下午 3:50 前赶到沈家门码头。据说，沈家门码头的末班轮渡是下午 4:10，这里距离沈家门码头还有 28 千米。

2020-1-3

为什么徒步？我也反复地问自己

今天是徒步的第 10 天。也许是昨天运动量太大了，两个膝盖酸胀，影响了睡眠，早上醒来时没有第 9 天轻松。但是，这不妨碍我们出发。

今日一整天都在下雨，海风中带着咸鱼的腥味。走起来，全身冒汗；停下来，里面的衣服粘在身上，冰冷。2 小时后，伙伴们又准时超过了我。

简单地用过午餐，我们继续开拔。鹏宇和永霞在下午 3:00 前到达了白峰码头，大约 20 分钟后，霞姐、燕红也到了，我还在路上奋勇前进。我给自己设定的目标是，下午 3:30 必定到达。我真的在下午 3:30 气喘吁吁地到了售票处。3:40 上船，和伙伴们一起过海。20 分钟后，顺利登岛。

今年 4 月底，我和十余位义工老师从宁波阿育王寺起步，徒步到普陀。今日的路程、昨日住宿的宾馆都是“旧相识”，一路都有回忆相伴。

到了普陀，我们并没有欢呼雀跃，不知道是因为天冷、风大，还是因为庄严的气氛，又或是因为我们内心的笃定，我不得而知。我们欢喜地在山门前合影然后进山。

10 天徒步，一路走来，我们捡垃圾、埋葬小动物的尸体。

常常有人问：“你们在做什么？”一个早餐摊主甚至直接问我：“你们难道缺这点钱吗？缺这百八块钱的路费吗？真是越有钱越小气！”生命在不同的频道，思维模式也就完全不同。

为什么徒步？我也反复地问自己。如果仅仅是走路，我们早就放弃了。走路会让我们觉得很累，但徒步不会。走路仅仅是走路，而徒步是走在一个广阔的世界里。

2020-1-4